花未眠

美しい日本の私

［日］川端康成 著
李简言 译

只 为 优 质 阅 读

好
读

Goodreads

目录

春 / 001

夏 / 002

初秋四景 / 006

冬日温泉 / 009

散文家的季节 / 012

南伊豆行 / 014

伊豆温泉六月 / 022

伊豆序说 / 029

伊豆印象 / 032

浅草是东京的大阪 / 037

古都 / 039

汤岛温泉 / 042

神津牧场行 / 046

温泉六月 / 055

新东京散景 / 058

温泉通信 / 064

初秋旅信 / 069

旅途信摘 / 073

热川信札 / 080

关于美 / 084

美的存在与发现　/ 087

日本美的展开　/ 114

我在美好的日本　/ 117

纯真的声音　/ 130

伊豆的少女　/ 136

东京的女性　/ 140

温泉杂记　/ 143

海畔归来　/ 146

热海与遭贼　/ 152

发丝跟耳朵　/ 160

燕　/ 163

狗和鸟　/ 168

养鸟的趣味　/ 173

养狗的流行　/ 174

色鸟　/ 176

动物园　/ 178

灯笼　/ 180

菊　/ 183

往事散记　/ 185

随想记　/ 191

一流人物　/ 193

五月手记　/ 197

我的思考　/ 204

句反语　/ 208

花未眠　/ 211

春

每年我都会做梦,梦见春天近了。

山野之上,到处草木吐芽,鲜花绽放。树木吐芽依照次序,新芽的色泽与形状亦因树种而异。不消说,新芽的色泽未必都是绿的。譬如说,春日里到东海道旅行时,远州路上那些罗汉松的嫩叶、关原一带柿树的新芽……即便单说红叶抑或是枫叶的新叶,实则也包含了许多种类。此外,还有诸多我叫不上名的、小到不曾留意的原野上的花朵。

我多希望可以亲眼细致地观察那降临到春日山野草木上的春光,将它准确地描写出来。于是,我凝望着山间树木的朵朵鲜花。然而,就在我还未能仔细观察、写生之际,那些春日的新芽也好,鲜花也罢,竟匆匆地溜走了。我心想,只有留待来年了——这样的梦,我每年必做。许是因我是一名日本的作家吧。就这样,梦境中的我,看见鲜花朵朵的树木、新叶迷人的山峦。在梦中,我以为那是故乡的山峦。然而,那样美的故乡,地上并不存在。我所梦见的,是理想中的故乡的春。

(1955年3月)

夏

汤崎温泉

纪伊汤崎白沙滩那片沙的美,恰似一匹白丝织成的绸布。那里干净到令人不忍以踩过别处的鞋子、木屐再去玷污。那片沙滩原为海滨浴场,但因沙子太过洁白细腻,总使人感觉赤身行于其上着实难堪。而更使人浮想联翩的则是,若有动人的女子身着泳装走在迷人的白沙滩上,将是一幅多么迷人的画面?我真想看到一回。而我想看到的,并非女人肌肤与户外阳光、海水融为一体的那一刻,而是海上初见日出之时女子迈上迷人的白沙滩那一刻。

我到那里时,正是六月。白沙滩公馆的客房里闷热得使人联想不到正身处海边。月夜之下,沙滩却充满清凉,仿佛一面银色的沙板。甚至,清凉到若是有个浑身漆黑的一寸法师[①]在此行走都不觉奇怪。那样一种夜色,简直使人无法悠然地漫步。

从白沙滩上望见的汤崎温泉夜景,恍然有种从海上望见海角

[①]日本童话故事中的主角,生下来只有拇指大小。

灯光的错觉。那份灯光的颜色，想来着实是种夏夜灯光的颜色。

不忍池

　　上野国产物品博览会的最后一日，我挤在人流中逛了一回。满目皆是各种全然买不起的奢侈物品，着实使人疲惫。我心想，假使抽奖能中上三百元债券，便可一口气还掉欠款了。至于我最想买的，还是一张不知哪家监狱出品的带着书柜的书桌，价值九十日元。倒也并不觉得监狱里让犯人制作如此奢侈的物品有多奇怪。正因是最后一日，故而许多物品都在甩卖。我正盯着一些便宜到几乎白送的过时的小鸟呢，忽然发觉不知哪里又冒出许多被解雇的女佣正在甩卖，仅限今日。小鸟恰好同她们一样，个个疲惫不堪。

　　归程时，我从第二会场出来，走过工兵队建造的军桥。不忍池竟是一片如此污浊的泥塘！每回见它，我都惊讶于它的污浊。但若不见，我心中便总觉不忍池清新无比。那是因为，我听说，在夏日破晓时分，此处的荷花会发出清脆的声音一朵朵绽放。很早之前，我便想听一听这种声音了。可惜，如今已没有机会在黎明时分跑到池塘畔去。犹记得，读书的时候每晚我都要跑去纳凉。夏夜的观月桥上，但见纳凉的人们排成一行停驻，好似电线上的燕雀。那桥上极少有无风的夜。对于那里，我仅有纳凉的记忆，总感觉观月桥上在东京市内算得上最为凉爽之地了。每晚，我都会身无分文地坐在桥上，望着池塘南面的广告灯。那一年，正是大正博览会开幕。那一年的春天到初夏，我总是跑到池塘南面的九州卖店里品尝长崎的卡斯特拉蛋糕。

由于想起这桩往事，我在看完博览会归来时也买来空也的最中①尝了尝，却不似想象中那般美味。

须磨舞子

由于表姐嫁到了须磨，我也去那里玩过一回。那是上高中的时候。虽说是跟表姐夫一道去游泳的，可是同去的狗却一直在海里紧搂住我的肩头不放，因而没能好好游上一回，着实无语。此外，我还想过，若是仗着救生圈，索性游到近海一带，趁着海潮往一之谷②方向漂流，不知会怎样？从只能想到这一点来看，须磨似乎也称不上多好的地方。

表姐的婆家以一之谷的大片松林作宅院，彻底粉碎了那个孩时起便在我脑海里的故事——一之谷之战③。

舞子这里，我以为，委实是一片古松秀美的沙滩。此地海水也着实清冽。要想下水游上一回，似乎有些刺骨。虽值盛夏，漂在海面上的唯有我一个。除了三个身披黑衣的洋尼姑一面静静地

---

①一种日式传统甜点，外形像盒子，糯米外皮红豆沙馅，烤制而成。
②日本地名。
③1184年，源义经等人率军在一之谷大败平氏军队。该战役使平家再遭重挫，势力大衰。

走过海滩上的卵石，一面眼望我游泳以外，四下无人。海峡处的水流要比须磨更显湍急。

（1928年7月）

初秋四景

一

水比往常冷了少许,我游在水中的腿看似比以往白了少许。难道是湛蓝的海底有什么雪白冰冷的东西在流动?由此我想,所谓的秋,是从海里来的。

庭院的草坪上正放着烟花,少女们在沙滩连绵的松林里搜寻着秋虫。间或传来的虫鸣给烟花声平添了一丝寂寥,仿佛夏日的残影。所谓的秋,我想,正如虫鸣,是从地底冒出来的。

尽管不同于七月的,只有月光,可一有夜晚的海风吹来,女人便悄悄拢紧了胸口。由此我想,所谓的秋,是从空中来的。

海边的小镇上,又多了出租房屋的新牌子,好似崭新的秋的日历页。

二

秋也是从足底的颜色来的,也是从趾甲的光泽来的。入夏之前,赤一回足吧!入秋之前,收起赤足吧!夏日里,把趾甲修整干净吧!

初秋之际,趾甲稍微带些污垢,想来更暖。为了秋天借臂当枕,还提前把手臂晒黑了。

入了秋,若是没有十足的胃口,想必有些无聊。那些积了耳垢的人,都是不懂秋的人。

三

纪念大震灾已成了东京每年入秋的重要活动。今年九月一日上午,还有十五万人参观被服厂的遗址,举行了全市的紧急消防演习。我家里也听见了上野美术馆的鸣笛。与此同时,还有水泵的警铃响起。我去参观被服厂的惨状,应当是在九月几日吧。

就在前一日或是更前一日开始了露天火葬,却依旧尸横成山。那一日,残暑余威仍甚。猛然间,下起了一场雷雨。我在那野火烧过的荒原上无处躲雨,也不知逃往何处,最终被淋成落汤鸡。仔细一看,薄薄的和服上竟沾了些浅黑色的污点。原来,是那些焚烧尸骸产生的烟雾将雨滴染成了灰色。见过太多的死尸,反而早已不为所动的我,霎时间感受到这灰蒙蒙的雨令人肌肤发冷的秋意。

四

秋声先于人入耳,有此性者多可悲!

这是啄木①的一首和歌②。诚然，确实如此。我家里养了五六条狗，而其中一条对音乐比寻常的人类还要敏感。不只是听见欢快的音乐时欢天喜地，听见悲伤的音乐时愁眉苦脸，它还会跟着留声机发出吠叫，甚至"手舞足蹈"。可它却对秋日的寂寥无动于衷。似乎，动物感知得到季节的温度，却不大感知得到季节的情感。

然而，事实上，花草树木、飞禽走兽都是本能地随着季节变迁而生存的。尽管试图反季节生存的只有人类，正如夏饮冰、冬生火，人类却是受到季节情感左右最多的。因而，想想看，人类的季节情感里，人工的部分竟是如此之多，着实令人惊叹。

据说，在南洋的群岛上，由于气候终年不变，要通过观星来得知季节。夏季可观夏季的星，秋季可观秋季的星。能够如此忘却近在咫尺的季节而生存，该是何等地健康？并且，没有所谓"艺术季节"之类的人工的季节。

（1931年9月）

---

①即石川啄木。19世纪末20世纪初日本著名的诗人、评论家。
②和歌，日本传统诗歌形式之一，脱胎于古代中国乐府诗，其中短歌为五句，字数为三十一字，形式固定。受语意所限，译成中文时无法再现其原有形式。

冬日温泉

"新年要去泡温泉吗？"这句话已稀松平常到跟聊天气差不多了。

仅在伊豆，温泉便达三四十处。然而，说起可以真正作避寒之地，过冬无须经历严寒的温泉，东京附近应当找不出五处。若嫌伊豆的土肥、谷津交通太不便，还得说起热海、伊东或是汤河原。可惜，汤河原离海有些远，气候太冷；冬季的伊东又刮风；修善寺、箱根等地，绝对称不上暖和。至于盐原抑或伊香保，更是要搂着火盆赏雪饮酒了。既是如此，没准儿索性到雪国的温泉去更好，来场"冬季运动"，该有多么清新！

更何况，若是碰上游客盈门的新年，那些不熟悉的客栈多半很难让人自在地走进。就像咖啡店一样，不论哪个地方的温泉客栈，总有每年都来的熟客。去年的大小姐，今年新春来时已嫁作人妇；两三年前扎着小辫的少女，今冬来时已出落至花样年华——总之，一年一度在温泉里相遇，那些所谓温泉客栈"会员"之类的人们之间，有着许多乐趣。而新来的客人，只会感觉无所适从。

若是孤身一人，更要遭人嫌弃，被带进采光欠佳的客房里，但那样最好也还是住下来。只不过，还得好生央求一番，最终才能得到机会在账房角落里吃上些餐食。新婚夫妇——他们想必幻想着愉快的旅行而来,却被各家客栈拒之门外,累到精疲力竭,呆坐在客栈门口,几乎没有站起来的力气,寻不到当晚的栖身之地——我在新年的温泉里多次见过这幅让人同情的光景。

譬如说,若是在热海,一流的客栈总是最先客满,多余的客人再涌到二流、三流去。若是在箱根,客人会从作为门户的汤本或塔泽往深处转移。而修善寺则最先客满,客人再逐渐往奥伊豆去。尽管如此,由于无人露宿在外,不得不说温泉也实在是多。

据说,东京到热海的列车有个时髦的名字,叫"浪漫列车"。前年在热海,仅新年期间便有七对恋人殉情自杀。据说,当地政府每年要为料理自杀者后事的费用大伤脑筋。也就是说,所谓殉情多一事,也体现了小城的种种魅力。作为关东的冬日温泉,没有哪里能与此地比肩的了。客栈也是三六九等,无所不包。出租别墅和出租屋亦颇多。据说,冬季游船既有到伊东的,也有到大岛的,还有到初岛的。要去下田,到此地换乘汽船也是最快的。

自年末起,梅花便开放。温泉的温度极高,跃入温泉源头的人第二天一早便会化成一副完整的白骨。地下便是温泉。像我租的这种房子,门口的木屐都是热的。

可是,正因如此,见惯了贵族、富豪,其结果是不少客栈的待客态度恶劣。整座小城透着一股花街的气息,女人们统统扎着精致的发髻。这种事倒还罢了,年轻男子们却普遍给人以世故之感。

把一半东京的郊区和一半渔船的港口加到热海身上，便是伊东了吧。作为一种振兴地方的政策，那里似乎风俗相当糜烂。即使同为花街，该地也有一股比热海更强烈的海的气息。若要寻些稍稍安静、适合家庭的温泉，应当走进伊豆半岛中部，像修善寺等地更佳。热海、伊东、修善寺、长冈，人称伊豆的四大温泉。若让我选，最想去的应当是热海、汤岛、谷津和土肥吧。

说到底，伊豆是个值得走走的地方。从热海到伊东，沿海岸走走也很好。从下田到谷津，沿海岸走走也不错。不过，从修善寺到下田，翻越天城山，边寻访沿街几处温泉边行走才算是最富伊豆风情的旅行吧。若是在冬季，应当有天城山的猎鹿活动。这无疑是东京附近最奢侈的运动之一。自从宫内省停止狩猎后，这里转向公众开放，入场费高昂。还有一只鹿跑进汤岛的小学校园里，于是干脆被驯养在学校里，还被孩子们牵着散步。天城南面日光、花草的花期与北面那些地方截然不同，可以感受南国的风情，颇为有趣。

沿街的温泉里，没有上好的。尤其是天城南面的奥伊豆，除了下河津的谷津之外，没有哪个地方能入我的眼。可若是把它们看作一体，这下田街道也算是东京附近独一无二的冬日旅行路线了。其风土人情里也透着乡土气息，男女混浴的温泉颇多。对男女混浴这事感到厌恶或稀罕的，都是些不懂体会温泉滋味的城里人——温泉跟东京的澡堂可是两回事。

（1930年1月）

散文家的季节

小说家里，我大约算是爱写景物和季节的了。但我有个习惯，若非写实的东西，便没有自信确保真实。大约是因为我常去旅行，反而如此的吧。只因我也多次体验过，在大自然的实景下，总会发出现实比小说更加奇妙的感叹。似乎不管多具象征性的自然描写手法，若非从写实中来，便无法扎牢根基。

我也想借纯粹的空想造出景物、季节来描写一回，可又会写出怎样的东西？由于几乎不曾见过作品中描写世间不存在的自然，我只能试着想象一番。在非现实的自然里，不论是让极其现实的人类居于其中，还是让非现实的人类居于其中，想必都会格外有趣。然而，正如描写人物姿态一样，如今的散文家描写起自然也不大有胆量，养成了不敢太超乎常识的习惯。景物与季节若不能给读者某种感怀，若不作为作品人物的背景印象，便写不出。这种关系的复杂也往往使人逐渐流于偷懒。

总的来说，散文家描写自然见不到进步，这便是我的反省。与诗歌力求该领域的种种新风尚相比，散文似乎犹在故步自封。近来，就连切中心理的感觉也开始模糊，追求的是事物的大致轮廓，这样便日渐失去文章象征性的高度了。作为文学上象征趣味的基础，景物与季节受到轻视，只能说也是理所当然了吧。

（1939年9月）

南伊豆行

十二月三十一日

  走在街道上，寒风强劲。敞开长披风的袖子，宛若一只蝙蝠。忽地想到，索性来场南伊豆行。要写《伊豆的舞女》续篇，也应当看一眼下田那边的情形。遂花上二十来分钟，匆匆做了些准备，搭上一点多开往下田的定期巴士，流星般奔驰在天城的山路上。

  汽车钻进山岭的隧道。北口这里，寻不见茶屋，《伊豆的舞女》里提到的那间茶屋，有老妪和中风老翁的茶屋。我心想，房子没了吗？老翁也辞世了吗？自己翻越天城山已是八年之前。

  出了隧道往南，眼界开阔起来。蜿蜒的山路俯瞰之下好似一幅模型图。沿着远处的山脊线，南面的天空明亮可辨。这颗心在涌动。正因彻底忘了这幅风景，反倒有种全新之感。南面重叠的山峦一层淡似一层，海面上的天空颇近。风极强，激烈地拍打着赛璐珞的窗。

  汽车在汤野停了下来。汤野这里，因为春天的一场火灾烧掉了半个村子。八年前舞女们借宿的那间小客栈，应当就在眼下的停车场附近。散发出木材香气的崭新房屋一栋挨着一栋,全然找不见当年的客栈了。借方便的工夫休整一下,继续出发。

离开汤野,再次进山。左手边,可以望见大海。这里是下河津的海滨,相模滩。海面上伊豆大岛的下端消失在雾霭中,仿佛一团偌大的梦在漂浮。再次穿过隧道。

在下田附近驶入河内温泉。这里有千人温泉、露天温泉等等。沿街的平常村落间夹杂着客栈,于是径直驶过。右手边能看见莲台寺。还没来得及从左面三四座小山里找出哪一座是下田富士,转眼便过桥进了下田。

汽车在下田汽车公司总站门口停了下来。站房是一栋漂亮的小洋楼,车库也相当气派。时间是三点十分,两个钟头飙了十一里[①]路。

问了下,有没有汽车开往石廊崎?答曰,那里不通汽车。又问了下,有没有船开?答曰,可能会有。到了码头,跟卸货工一打听,人家说,瞧这样子,只怕没可能出船了。遂请对方告知马车的乘车地点。由于打听得心不在焉,没能找到去路。事与愿违,又折回到汽车公司。

到石廊观新年日出的计划终于作罢。石廊崎就是伊豆南部的海角尖,以海水与岩石激烈搏击的奇景而闻名。我想去那里欣赏新年的太阳在茫茫的大海上升起,我想心胸开阔、清新圣洁地迎接新年首个雄壮的清晨。自数年前起,每次来伊豆,我都要幻想

[①]日本旧时距离计量单位,一里约合3.9千米。

一番此事。

　　无奈之下，打算搭四点的巴士到下贺茂温泉。正呆立在候车室里，南线三号居然坐满了。实在麻烦，干脆约辆车回莲台寺温泉算了。又在挂冢屋遭拒，称住客已满。我被司机带进了会津屋。这下反而比挂冢屋的条件更好了吧？还真像一个司机说出的话。

　　一上二楼，立刻泡了温泉，泡完立刻打听有没有台球房和围棋会所。结果，两样皆无。莲台寺位于田园之中，风景不似从前那般怡人。我心想，倘使去柿崎的阿波久旅馆就好了。吃完晚饭，竟听见马车的哨声。我冲进疾风，坐上铁道马车前往下田。下了马车，走进下田之际，但见河口岸上点点灯光，颇有些情调。信步走过镇里，竟来到一片荒凉的原野。我吃了一惊，遂折返镇里，胡乱逛了一番。其间反复经过一条街，街上有家名曰"黑船"的杂志社和一家名叫"下田俱乐部"的西餐馆。我被风吹得晃晃悠悠的。接着，又从一个有着地道下田风味的上好餐馆所在地来到海边。不承想，偌大的月亮正被波浪冲刷着。这是农历十六夜的皎洁明月。在这新年的前夜，寒风中欣赏海上的月亮，似乎会被人当成疯子。于是，我折返回去，再次走过小镇。买了廉价的毛线手套。许多人家都有廉价的女人作陪，可惜全无用场。我坐上铁道马车，返回莲台寺。待在家中，只觉南伊豆的温暖。

　　《文艺时代》新年号的创作十篇全部读完。

　　隔间房里的住客正故意为难着从下田叫来的艺伎，你们也有权利坐坐垫？对方等进了被窝，便立刻喊起肚子痛。住客忽然间柔情万种起来，费尽口舌安抚一番。肚子痛应当是装的，只是一种有趣的报复。

"都不用揉揉腹部吗？"

"是肚子痛！"

"肚子就是腹部嘛！"居然听见如此少有的对话。

元月一日

有人摇着肩膀把我叫醒，是女侍。九点了。喝屠苏，吃杂煮。

托客栈打电话询问了一下到石廊崎的汽船，结果说，今天还是浪太高，没法开船。于是请他们帮忙订了南行的巴士。在等候十点的铁道马车期间，我打算去观赏一番国宝大日如来。正走着，马车来了，于是坐了上去。车夫称，太大的船只都不会入港，这是不景气的标志。昨晚虽说还是除夕夜，可行人稍微热闹的只有伊势町、横町，其他地方统统熄了灯。

来到汽车公司，北面能看见神社，参拜的妇女儿童来往如织。我也烧了头炷香，在神前祈求文运长久。抬头望了眼匾额，正是八幡宫。两名少女在拜殿击掌叩拜，花街女子甚多。神社一旁小学里出来一群镇上有头有脸的人士，刚举行完新年庆贺仪式。到发车为止的二十分钟里，我又在镇上来回转悠，始终未能找到八年前借宿的那间客栈。

十一点五十分动身去下贺茂。穿过两三处小小的隧道，时而望见大海。今天，风还是很强。汽车拐过一处弯时，我问下贺茂在哪里？人家说，早都开过十来町①了。我一惊，于是下车。据说这是下田以西二里半。在田间走了一阵，见前方有口温泉井，从草席围成的墙里冉冉升起温泉的蒸汽。我心想，这便是著名的喷发式温泉吧。据说，温泉可以喷出一丈高来。风很大，我沿着青野川前行。左手边，是福田屋。再往前走上六七町，纪伊国屋正房是一户普通农家。因已满员，我被拒之门外。一位同样不幸、西装革履的绅士也手提着大件的行李箱，茫然地立在风中。我住进一家名叫汤端屋的客栈。由于寒风凛冽，板窗几乎都是关着的，温泉浑浊到微微泛白。室内的温泉实在热得没法下脚，于是拖着腰带过桥去了公共温泉。客栈老板娘有些吃惊，还追了过来。午饭是牛肉火锅和焖煮大鱼头，七十钱。往石廊方向还要翻过山去，走三里险路。这样的风之下，寸步难行。看来，石廊终究不欢迎我来。

过后我才听说，下贺茂这里刮风的日子是最不好过的。田园的景致不美，客栈也相当简陋，令人不想过夜。吃过饭后，立刻离开。我参观了著名的温室。大是够大，可惜清一色都是些康乃馨之类的石竹科花草，还在含苞待放。田间也有温泉口，温泉数目很多。河岸上模样似芦苇的长叶苦竹开得茂密，莫非这便是下贺茂的特色？走了十来町，我在沿街的马车客栈处上了马车。

---

①一作丁，日本旧时长度单位，一町（丁）约合109米。原文中两字混用。

到了下田，再次赶到汽车公司。准备动身，来一场四点钟的海岸线行。"您好！"司机冲我打了声招呼，正是昨天包车到莲台寺的那位司机。我立刻上了车。汽车爬上山，看得见下田港的全景，船只统统打着日之丸的旗子。这条山路通往下河津，山海的景致都够美，还看见了许久未见的海面远处那紫红与粉红的晚霞。到滨桥五十分钟。走了六七町，来到谷津温泉。由于星星点点有些像样的客栈，心中遂有了底气，终于可以找到新年第一天的被窝了。虽说游记里提过石田屋、曲屋和中津屋皆属一流，但从外观看，感觉中津屋要好些，于是住进了中津屋。虽说房子稍嫌简陋，但心情还不错，感觉终于安定下来。我心中已经充斥着无家可归的心情和旅途的遐思，这一回，我又深刻体会到由于有了一份随遇而安的镇定，旅途中伴随的心情忐忑几乎已消失，故而旅行的乐趣也减了半，这使我有些惆怅。

餐食也还不错。老板答应陪我对弈一局。我嫌等他喝完酒太麻烦，索性跑到戏园子里听了一阵说书。讲的是一个叫什么村田省吉的车夫。一个钟头之后，又折了回来。

刚泡进温泉，见一个五十来岁的男子正在温泉里喝着酒。

"起码东京人来个十万分之一，也能让谷津发展一下嘛。可惜，眼下有没有百万分之一？一年都不知道有没有五十人来呢。"

据他称，一年有五千万游客来谷津。之后，他又道：

"我是这家的老板。可……"

他指着一个正泡进温泉的女子道：

"事实上，她才算是老板吧？总之，旅馆行业可是女权盛行。"

村里人玩花牌的喊声激烈。这家温泉果如老板所说，的确暖和。钻进被窝，甚至感觉有些闷热，夜里还踢掉一床被子。

元月二日

八点前起床。到汤野的汽车十一点五十八分发车，从汤野到汤岛的汽车十二点二十五分发车。可是，那样一来，便没有多余的时间在汤野待上一阵了。倒不是想看汤野，而是因为听那些翻山越岭来汤野的学生说起福田家有一对漂亮的姐妹花，很想见上一见。于是，请人帮忙找辆去汤野的马车。客栈的老板娘却反复对我说，包车不划算，要么等汽车，要么走上一里多地。总之，还是离开了客栈。住宿费两日元。这客栈里有可爱的女孩子，白天暖到用不上火盆。由于近海，光线很亮。景致在南伊豆的温泉里也数得上第一。作为奥伊豆的避寒地，谷津称得上一等了，甚至可以写成书。若是汤岛太冷，今年冬天我打算到这里来。西餐馆不流行，店都关门了。有些人家似乎还有女人在做皮肉生意。虽说有来宫神社、南禅寺、河津三郎馆迹、赖朝旅馆等景点，一律不看了。

一辆马车驶过，前来送行的女侍帮忙交涉之下，我上了车。这是一伙到汤野参加葬礼的婆婆的马车。汤野的福田家改造得相当美观，完全没了八年前的模样。那个拉门从门框上垂下电灯，供两室兼用的时代的稻草屋顶已是昔日的一场梦。老板还记得我，但那个劝我称请巡游艺人吃饭实在不值的老婆婆已经去世了。《伊豆的舞女》里提到的汤野有两三处是错的。

前来端茶送水的少女不能说不漂亮，身材倒是丰润标致，并非客栈家的女儿，而是莲台寺过来的女侍。应当是的。在我记忆里，也不可能有眼下长到这个年纪的少女。此外，她跟另一名更小些的少女也并非姐妹。既已见到庐山真面目，便无所求了。我决定坐上十二点的汽车翻过山去。

虽说才元月二日，梅花已经绽放。

我说了句等十二点的钟声一响就提醒我，可等我被催促着冲到坐车的地方时，已是十二点二十五分发车之后了。在这间候车室里，碰上那位去莲台寺的司机。三次了。刚好有三辆去修善寺的空车经过，同意让我搭车。两点多到了汤岛，行程将近四十里路，堪称汽车游。

桥爪惠君夫妇携友人桑木夫妇，几乎和我同时来到汤本馆。晚上，玩了连珠、斗球盘。提着灯笼上街时，还遇见中条百合子，她应当是去看村里的戏。我向厨师打听了一下，果然天城北口的茶屋已经没了，中风的老翁已经离世，老婆婆就在修善寺附近的山岭上。

伊豆的温泉浴场里，再没有比汤岛更山清水秀的地方了。

元月三日

初雪纷纷。

（1926年2月）

伊豆温泉六月

一、六月晴雨表

根据沼津气候观测站的调查，我在杂志上找到了明治三十九年至四十三年五年间的辖内气象表。

从里面找出了伊豆六月的晴雨日数表：

	晴天日数	降雨日数
沼　津	三、二	十九、零
伊　东	四、六	十八、二
下狩野	二、四	十九、二
宇久须	二、六	十四、二
上河津	三、四	十六、二
上狩野		十九、零

这是一份旧的统计表。但若从悠久的天地间来看，这种旧又是一种太新的旧了。

如今六月的伊豆依然多雨。一个月里，有十五到二十天都能见到下雨。岛崎藤村的《伊豆纪行》里有个词叫"伊豆晴"。这个伊豆晴，一个月间仅有两到四天。

三面环着伊豆半岛的海水是黑潮。黑潮里的水蒸气较多。并且，由于半岛后面便有富士、足柄、箱根等连绵的群山矗立，宛若一道屏风，将水蒸气困在半岛之内，即便没有梅雨也极易形成降水。

受到水蒸气滋润的火山岩土将伊豆染成南国的绿。

天城私雨——天城山麓的村里有这样一句说法。

即便山麓晴朗，山顶也摘不去那顶雨水形成的薄帽。不论从哪面海上飘来的水蒸气，都会最先撞上稳坐当中的天城山，幻化成乳白。

天城山的七种树是——松、桧、杉、枞、榉、铁杉、白柏。

二、六月风向

这一点，还是根据那份旧统计得来的：

六月的沼津最多的风向是西风，伊东是北风，下狩野是北风，宇久须是南风，上河津是东风。

三、六月客栈

连绵的梅雨，将温泉的气息渗进客栈的走廊和墙上。矮脚桌渗出陈年的酒和酱油味来。打开走廊尽头的壁橱，被子上染着温泉的气息和一股微微发霉的味道。

山谷的溪流里，泥水满溢出来，一条木板便桥沉落着。由于木板两端用粗铁丝系在岸边的石头上，便桥正晃晃悠悠地漂着。

深夜不停传来大石头轰隆轰隆冲走的动静。

草鞋底黏黏糊糊地吸在地板上。

而立在茅厕跟前的陶器那椭圆形的洞口旁，一只老猫正一动不动地盘踞着。

二楼走廊上，没有一个住客。一个女侍喊着另一个女侍的名字跑过。那个被喊的女侍不知消失在了何处。

四、六月温泉

温泉给肌肤带来的触感，四季皆有不同，真好。

然而，要欣赏温泉客的季节——清楚点说，要欣赏女人的裸体，我以为，五、六月才是最佳。冬季——到女人脱掉和服泡进浴池为止，那份丑陋的蜷缩使人不忍细看。而等天暖之后，肤色又会太红。

盛夏则有种汗水淋漓的松弛，并且女人也会不知不觉变得开放——似乎多穿的季节与少穿的季节相比，向外人展示裸体的欲望也不尽相同——这不美。

秋季——不论年老年少，女人的肉体都出奇地落寞。秋风绝不曾使女人变美起来。

因而，初夏才属上佳。浴池之内，年轻女人的肌肤映着树木的碧绿、海水的湛蓝,那份美真好!

即便是女人本身——四季十二个月里,五、六月也是最佳的。毫无疑问,可以在温泉中察觉到自身肌肤的美。

五、六月的美

六月伊豆的自然,令我想到美的,唯有一样。

蒙蒙的烟雨放晴之时,竹林静静地垂着头。看似一簇彼此依偎的羊群,一簇碧绿的褪了毛的羊群,正安然入睡。

花期悠长的山茶花会在六月间凋零。

石楠花也是五月里的花。杉树花粉统统飘散。

桑叶也被人反复摘过,早已玷污。新绿也化作一份厚重的绿,失去叶子色彩的变化。

不见金袄子[①]鸣唱,但闻寻常的蛙声呱呱。

硬要说的话,便是那些着了色的夏柑橘,还有山葵叶透着光泽的绿。

巡游艺人们正在下田的小客栈里赌着钱。

雨中的海岸边漂浮着金枪鱼船,有如死掉的甲壳虫一般。

热海著名的殉情事件,在六月也少了。

[①]蛙的一种,叫声清亮,因近鹿鸣,日文又称河鹿蛙。

六、六月香鱼

在街上，扬手叫来一辆马车。六月一日。

到了白色的嵯峨泽桥上，车夫说了句：

"今天河边人多到黑压压一片嘛！"

从今天起，狩野川开始钓香鱼了。

我们从那些白花花的路上落满的樱桃果实中穿越，好似一条小蛇游过。马车的车轮碾碎樱桃而去。

伊豆跟东京的多摩川一样，六月一日起香鱼垂钓解禁。诱钓法要到七八月，六月先从假鱼钩钓法开始。

水流好的日子里，靠近上游处，有时业余人士都能钓上六十尾来。据说菊池宽和中村武罗夫一早曾跑到东京附近的河边，却一尾没钓到。有这份悲惨遭遇的，可不是我。

若是六月间到伊豆的温泉，首先就是到这条狩野川钓香鱼了吧。

正如全国各地的河流一样，狩野川的人也称这条河里的香鱼是日本最棒的。银座一家餐馆的橱窗里，还有长良川的香鱼和狩野川的香鱼游来游去。犹记得，长良川的香鱼要宽一些，狩野川的香鱼则是细细圆圆的。

七、六月的蛙

提起伊豆的七大不可思议，第一件便要说天城山里八丁池的蛙——它们会爬到树上去产卵。依照波多野承五郎的说法，是这样的：

"这片塘里的蛙一到每年六月前后，会爬到塘畔的树上，体内分泌出黏液，黏合嫩叶，贴在叶子上面，就像里面积满了雨水。蛙就在上面产卵，孵出蝌蚪。（中略）每年一到六月初前后，塘畔的树上会形成大量的蛙巢。远远望去，仿佛落满雪花。"

根据研究蛙类的权威人士——东京大学冈田弥一所作的鉴定，这种蛙被命名为"绿树蛙"。据说，它属于全世界已知仅有的八种之一，是极为罕见的品种。

为什么要在树上产卵呢？据说，八丁池里有许多蝾螈，蛙卵在水中会被吃掉。

八、六月的夏

温泉浴场的夏来得很早——似乎如此。

男客自不必说，六月里连女客都只穿一件客栈里的浴衣了。再系一条伊达腰带，便凑合了事。大多数女子到温泉里待上一阵，便会忘了系腰带。也不是忘了，而是学会了以温泉的方式来穿浴衣。比起"习惯了穿"的说法,更应说是"随性地穿"。

以温泉的方式随性地穿浴衣——这是温泉的一份情欲,一份无法与盛夏海滨身着泳装那种健康相提并论的情欲。

浴衣穿得早,夏日来得早,这便是六月温泉的客栈。

最能强烈体现这份早夏的,便是热海温泉。那温泉的雾气——那仿佛从小型工坊街的烟囱里冒出的热气,遇上下雨的日子会在街上低低地徘徊。温温的泥土在街道转角、客栈院里将雨水变成热气,闷得好似人在锅中,一股蒸煮般的热气。这便是六月的热海。

邮局朝东,落雨的午后有些暗淡。一名雏妓在木板上松开紧握的拳头,露出六枚五十钱的硬币。

"只有这些啦!"

"你叫什么?"

"阿蕾。"

"阿蕾?"

"不过,只是艺名。"

接着,便在雾气氤氲中走掉了。六月街上的女子,宛如焯过水的蔬菜,楚楚动人。

(1929年6月)

伊豆序说

世人说，伊豆是诗的王国。

有位历史学家说，伊豆是日本历史的缩影。

我再加一句，伊豆是南国的模型。

还可以说，伊豆是一切山海美景的画廊。

整个伊豆半岛是一座大型的公园，一处散步的场地。也就是说，伊豆的半岛处处受到自然的垂青，有着迷人的变化。

眼下，伊豆拥有三处门户。下田也好，三岛、修善寺也好，热海也好，不论从哪一处门户进入伊豆，都会最先受到温泉的欢迎，那些温泉也堪称伊豆的乳汁与肌肤。但无疑，你会感受到三个各不相同的伊豆。

北面的修善寺道与南面的下田道在天城山交会。山北叫作北伊豆，属于田方郡。山南叫作奥伊豆，属于贺茂郡。山北与山南不只是植物的种类和花期不同，山南的天空与海面的颜色也带着南国的气息。天城火山山脉东西约四十四千米，南北约二十四千米，占据半岛的三分之一，与环半岛三面的海上黑潮同属于为伊豆着色的庞然大物。若是将山茶花视作海岸线的花，石楠花则是天城山的花。那溪谷的深度，原始森林的森严，使人无法想象这里是个小小的半岛。这里不光作为猎鹿山远近闻名，翻越天城也正是伊豆行的情趣所在。

到热海的火车有个时髦的称呼：浪漫列车。殉情是热海的特产。热海便是这般堪称伊豆的都市，在关东温泉中又属于现代风格的都市。若能说修善寺是历史的温泉，热海便是地理的温泉。修善寺附近有种静谧的寂寥，热海附近则有种繁华的明媚。从伊豆山路开始的伊东海岸线令人想起南欧，那是伊豆明媚的表情。即便同属南国风情，奥伊豆的海岸线又是一支何等朴素的牧歌？

伊豆这里，以热海、伊东、修善寺、长冈四大温泉为首，有二三十处温泉浴场。单是伊东都数得出几百个温泉口。那些都是玄狱火山、天城火山、猫越火山、达磨火山等火山的遗迹，伊豆是男性化的火之王国的标志。此外，在热海的间歇泉、下贺茂和山间的吹上温泉、半岛南端的石廊崎汹涌拍打的海浪，狩野川的涨水、海岸线的岩壁、植物的蓬勃繁茂，这些统统都是男性化的力量。

然而，各处涌出的温泉却使人想到女性乳房的温热丰满。而女性的温热丰满，应当是伊豆的生命。尽管田地稀少，也有财产共有的村落、无税的小镇，盛产山珍海味、黑潮和日光，小麦色温热的、胸脯圆润的女性。

不过，说起铁道，热海线与修善寺线仅仅是伊豆的门户而已。直至丹那线开通以及伊豆循环铁道建成为止，交通颇为不便。不过，巴士道路四通八达，倒是能看见富有伊豆风情的旅途，有马车的哨声与流浪艺人的歌声。

主街道沿着河海。从热海到伊东，从下田走过东海岸以及西海岸，包括沿狩野川畔直上天城，又沿河津川和逆川畔南下而去，温泉在那些街道上星罗棋布。此外，箱根到热海的山路、翻越猫越的松崎道、修善寺到伊东的山道等，许多街道既将伊豆当作散步的场地，也将其视作画廊。

伊豆半岛西面是骏河湾，东面是相模湾，南北约五十九千米，东西最开阔处约有三十六千米，面积约四百零六平方千米，占据了静冈县的五分之一。所谓面积小，应当是指海岸线反而比骏河、远江两地的总和还长。所谓火山与火山重叠而成的复杂地质，应当是伊豆的风景富于变化的缘由。

现如今也有个说法，伊豆的长津吕地区是日本气候最好的。整个半岛就像一处游乐场，然而在奈良时代，这里却是可怕的流放地。此地出现鲜活的变化，还始于源赖朝举旗之时。还有一次，是幕府末期黑船的到来。不过，此外还有范赖、赖家的修善寺哀史，堀越御所的盛衰，北条早云的韭山城等史迹，数不胜数。在日本造船史上，伊豆自古发挥着举足轻重的作用。而这一点，在讲述伊豆这个海与树的王国之际也不能忘却。

（1931年2月）

伊豆印象

今天是五月七日，伊豆的天城一带应当正是石楠花盛开的时节。石楠花是天城知名的景物。就在两三年前，一群"日本诗人"到伊豆旅行时，还曾歌颂过盛开的石楠花。据说，这种高山植物在多数地方至多不过长到三四尺而已，而在天城山却可以罕见地茂盛生长，高达四至六米。亦即是说，当地的水土适宜生长是其成为名胜的一个缘由。

我所见过的最大的石楠花，便是在吉奈温泉东府屋的庭院内。据说，樋口一叶曾经在那里居住，围绕樋口一叶还有些奇怪的逸闻。我想，这株立在凉亭般的厢房旁边的参天古木，不只在吉奈，即便在伊豆的名胜里也算得上数一数二了。私以为，即便单是为了看一眼这株古木上的鲜花，也值得去一回伊豆。

可以说，若不趁石楠花盛开的五月间去上一趟，便谈不上了解伊豆。山间的温泉到了春夏之交与秋冬之交，那番时令景物的变换饶有趣味，温泉为肌肤带来的触感也清爽之至。那段时间里，不论哪家客栈都门可罗雀，故而颇有些讽刺。夏季可不是观赏植物的时节。

有句诗称，天城的花要数"八丁池的鸢尾花"。这句诗是佐藤惣之助在心情无比激动之下吟咏出的。从汤岛温泉走上二里路，就在岔往天城山深处的地方，有片方圆八万平方米的池塘，开满了鸢尾花。由于那里地处深山，海拔高达一千米，故而使人感觉有种梦幻的美。

此外，此地因池塘里的青蛙爬到树上产卵而广为动物学家所知。

产科大学的大塚金之助老师还曾特地跑到塘畔去滑冰。从汤岛翻山越岭到土肥温泉的路上，一个经营杉树林的人还称在那片杉树林附近滑过雪来着。可想来，在伊豆山间应当也滑不出什么像样的雪吧。

听说，野猪会跑进这个护林人家的院子里刨蚯蚓。那些野猪还会像鼹鼠一样钻进土中啃食竹笋的嫩芽。由于它们不光危害竹林，也殃及农作物，村里人请林业局帮他们装了铁丝网。可是，由于网眼太大，小野猪可以轻松穿过铁网钻进农田来。接着，大野猪便会疯狂地撞破铁网紧追而来，保护自己的孩子。听说，一大早时常能看见铁网上粘着大野猪的毛和血。

比起野猪来，天城山的鹿更多。因为，有宫内省的保护。近来，天城山猎场的管理权由宫内省移交给农林省，也开始向民间人士开放了。入场费用大约是二十五日元，此外还有种种规定。这样的活动，在不久的将来想必会成为富人的新式运动。

说起运动，听闻奥伊豆正在筹建庞大的高尔夫球场，准备建成一处大型游乐场。若是不做这些努力，不论是作为游乐场还是旅行地，奥伊豆都让人想象不出有任何潜力。

奥伊豆，也就是天城山南面的伊豆地区，有汤野、河内、莲台寺、下贺茂、谷津等多处温泉。最好的就是谷津温泉了，其他几处并无得天独厚的景致。莲台寺自古便已闻名遐迩。因其毗邻下田港而繁盛之至，但因区区山野间温泉客栈鳞次栉比，故而毫无风情可言，总给人一种比长冈温泉更似板房的感觉。近海的，唯有谷津了。在我走过的地方里，谷津和三河的蒲郡同属于冬季最暖的地方。元月二号时，若是盖两床被子还热得睡不着呢。无论如何，若是想看看奥伊豆的温泉，只需花一两天时间搭巴士过去便有不少。热川温泉的客房里能望见一望无际的海景，山间的明媚也相当不错，但终归交通不便，除非从伊豆温泉一带搭山间少女赶的马车过去。

南伊豆最好的，就是海岸线了，也不过就是沿海滨步行而已。半岛南端的石廊崎是伊豆风景的一绝。那里海浪汹涌，多数日子下田的船只不会出航。下田港也和小曲里听到的大为不同，四处不见印象中那种一家挨一家有女人做皮肉生意的繁华。下田镇里阴暗萎靡，下田少女个个操皮肉生意的说法也是胡编的。听说，艺伎也好，什么别的女人也好，多数都是附近村子过来的，或者是从外地漂来的。这样说，下田的姑娘或许会为了下田而迁怒于我。但的确有个少女在其年方十六时，随一艘将近三十人、全员男性的金枪鱼船到过鹿儿岛，又随金枪鱼船回到了下田。据她说，去往鹿儿岛一路上不曾在任何地方登陆，故而提起旅行印象来，净是些白昼和夜间海上望见的港口灯火。我想起高尔基的《二十六个和一个》，遂仔细打量起少女，她却全然无事般地讲述着这个故事。那是个文静的少女。想必在她心中，也藏着南国海边少女的气质。

旅行家的说法不可全信。我在伊豆逗留期间读过一些伊豆的旅行记，大半的人多少还是编造了些内容。吉田弦二郎在关于吉奈的文章里曾写到当地的顽童坐在空马车上玩耍，这也是当地孩童唯一的乐趣。而我一提起这些说法，汤岛的邮局局长便气愤不已，连称没把他们当人看。我读过的一篇吉田的文章里，还提到那一带房屋顶上有种透气孔一样的小小阁楼，感觉相当不可思议。然而，一旦知晓那其实是养蚕所必需的构造，文章看起来便有些荒唐可笑了。就连田山花袋都有误解之处。近来这些人里，只能说沼泽仙人若山牧水的伊豆之歌还算不错。另外，譬如说赤松月船在评论本人的《伊豆的舞女》时称，"在你身上展现了懂得竹林之美的美"。此言的确让人欢喜，但只要踏入汤岛一步，谁都可以懂得竹林之美。或许是因我待过太长时间，"伊豆"这个字眼，于我，已不再抱有幻想。

可是，四处旅行过的人仍会觉得伊豆好，来伊豆时也常常会遇到。从这一点看，伊豆应当的确是好的。并且，这样的人，和那些在伊豆四处旅行的人，多半也会和我说出同样的话来：还是天城北面的山麓好。

没有什么比旅行期间见到早熟的少女恋爱更让人心生感慨了。两三年前,我趁征兵检查顺道去纪伊旅行时,一个私奔的少女就在有着安珍与清姬①传说的道成寺一间僧房里被人抓获,和我搭同一辆汽车被带回田边港口,少女年方十五。前些天,汤岛客栈里跟一名男子闭门不出的少女同样年方十五,每晚必定八点入睡,身上还系着鹅黄的三尺腰带。客栈里的婆婆连声痛心地称,太可怜了!太可怜了!夜里两点左右我到谷川畔去泡温泉时,见其一副哀伤疲惫的眼神与男子始终浸在水里。不知怎的,竟有种奇怪的感觉。那充满稚气的胸脯上面,乳房竟已无可奈何地匆匆发育,着实使人诧异。

(1927年6月)

----

① 日本神话传说中男女主人公的名字,故事讲的是人首蛇妖与年轻僧人的悲剧爱情故事。

浅草是东京的大阪

从银座到浅草——我们不断投去关注的视线。银座大约算是东京的神经、东京的口唇，浅草则属于东京的肌肉、东京的胃肠。从美国舶来的爵士乐、活报剧、色情、荒诞——尽管因那些玩意儿消化不良，可无论如何，浅草不曾失掉大胆如牲畜般的胃口。

银座不知哪里透着一缕京都的气息，而大阪的风貌无疑更多地存在于浅草。可是，大阪四处却不见浅草这份触目惊心，没有这股暗流涌动的旋涡，没有奇奇怪怪的人群。

然而，随处听得见大阪方言之地，也唯有浅草了。譬如说，吉本兴行部[①]的万才[②]——那些人里，自然也有试图以一口东京方言行天下的，可惜一个不小心冒出一句大阪话来，总会使我微笑。刚来东京那阵子，要听大阪方言，我便到浅草去看喜剧。

说起万才，听说大阪如今依然鼎盛——为了把它介绍给东京的人们，以及那些不会涉足浅草等地的高雅人士，帝国酒店的剧

[①]日本历史最久的娱乐经纪公司，现名为吉本兴业株式会社。
[②]即漫才，一种传统日式对口相声。

场今年新年举行了万才大会。也是由吉本兴行部的艺人们表演的,我是从浅草时代便常去捧场的观众之一。

此外,譬如说,新浅草名景隅田公园———一座以言问桥为中心的钢筋水泥的河岸公园,像这些地方也让我想起大阪的中之岛公园。还有眼下来浅草的广岛羽田舞蹈团,也类似宝冢[①]的少女歌剧,即便作为松竹座[②]的乐剧部,也比大阪迟了两三年。

只不过,浅草走在大阪前面的,显然并不止地铁和钢筋水泥的寺庙。

(1930年2月)

[①]日本家喻户晓的大型歌舞剧团,历史悠久,团员全部为未婚女性。
[②]诞生于1923年的大阪第一座西洋式剧场。

古都

一

我很想住在京都，漫步京都，品尝京都的美食，好好地书写一番京都。这个愿望一年更比一年热切，然而，趁我在世期间又能否实现呢？抑或说，假若索性移居到京都去，眼见到京都那份独有的特色屡遭破坏，或许只有叹息、悲伤和痛苦了吧。

目前，还看不出有什么迹象要打造新的"京都"城市，以取代保存下来的京都。只不过，保护京都不只是京都要承担的责任，也是国家的责任，民众的责任。

二

电影《古都》是成岛东一郎的摄影作品，画面优美。想来若是拿到国外，外国人看了也会感觉优美的。导演中村登称，本不曾打算将电影《古都》拍成京都人的古都，即，京都内部所见的京都生活，而是要拍成外部见到的京都，即，外人的京都。然而我以为，这是一种深度了解原著的解释，反而为电影带来了成功。可是，中村导演并未将电影拍成旅行者的电影或是京都名胜观光的电影，而是不经意地拍出了名胜。

《古都》的小说原著最终写得颇有些不尽如人意。北山杉的村（镇）里游客人数见长，想必为之带去了困扰。后来，我还故地重游过两三回，杉山已被砍掉大半，成了秃毛的鸡。然而，这也是作为木材种植的树木所必然的命运。

三

我爱树木，每每看见被风刮倒的树木，抑或是有人砍伐树木，自身总会感觉心痛。看到围墙上的荆棘刺进树干，树木的汁液像蜡烛的泪一样汩汩流下，我总感觉那便是树的眼泪。

或许也因我是生长在京都、大阪间的小山村，东京来的火车一旦驶入近江路，远远望见那些富有京都特色的红松山，心中总是大为感动。像京都这样的城市，哪怕要砍一棵树，也希望三思，希望怀有惋惜之心。我时常在心中低语，不要砍树！要种树！

意大利人特奇先生（日本文学研究家、翻译家）来日期间，我曾问过他，对日本最鲜明的印象为何？他答我，绿树多！我心想，答得真好。正如众所周知的西洋画的色彩，凭借光线的浓淡，可以看到西洋的绿是明亮的（诸如轻井泽等地便颇为类似）。然而，就我在欧美旅行期间所见而言，还找不到一个像日本这般树木优雅、细腻微妙的国度。

四

　　我刚写完了《古都舞曲》，用作今春"东舞"的台本。背景大致定在"应仁之乱①"前后、东山时代，皆因当时既是战乱时期"残酷物语"的时代，又是"文艺复兴期"。可是，因"东舞"较难改编成"残酷物语"，于是写成了相对松散、弱化的台本。

　　将东山时代写进小说，是我多年的计划。它是一部"残酷物语"，乱世中守护旧的文化，振兴新的文化，在各地普及文化，同时，平民也开始奋起。战败之际，我曾经读过室町时代的读物，也想写写承久之乱时期的京都。诸如后鸟羽院、藤原定家、明惠上人等人的时代，都是《新古今》的时代。自少年时代起，我接触的日本传统便是古都文学，而江户文学则极少。

　　回溯历史，再找不到像古都京都这样一再上演"残酷物语"之地了。战乱亦是如此。非但如此，并且逃过这场战祸，自然作为仅存的古都得以保留。这在种种意义上，都是极大的象征。想来，要思考今日的京都，也不能忘却它是历经千年劫难与"残酷"而来的。

（1963年4月）

---

①15世纪中后期，日本室町幕府时代一场封建领主间的内乱。

汤岛温泉

伊豆的温泉大多我都熟悉。我以为，作为山地温泉来讲，汤岛是最好的。

此地夏季虽比东京凉上将近十度，海拔却不超六百尺，因而还是相当炎热。由于地处天城山北面山麓，倒不能说入了冬也暖和。可是，这里毕竟是伊豆。据说，赏红叶的旺季是在十二月初。

去年四月一个暖得吓人的白昼里，我到原野上漫步，居然听见蛙声。循着蛙声方向看去，竟见湿漉漉的田里蹲了三四十只青蛙。它们显然刚刚从土里钻出来，身上还带着一层泥巴。这是由于天气太暖，它们弄错了季节。四月里听见蛙鸣，即便是在汤岛，无疑也是件稀罕的事。

此地特产是山葵根和香菇。

汤岛这里的山葵根最是高级，会送到东京一流的餐馆里去。山葵根要数生长在水质干净的湿地、山葵根沼泽地的最好了。干燥地带出产的品种叫冈山葵根，味道欠佳。只可惜，眼下人们的味蕾越来越迟钝，能品出山葵根滋味的人已不多了，即便是吃冈山葵根，也能得到满足。当地人惋惜地称，从汤岛这种产量极低的高级山葵根来看，此事相当悲哀。

江户时代，此地曾经挖出金子来。一时间热闹非凡，竟连青楼都开起来了。

两三年前，大本教①的出口王仁三郎曾到汤本馆来住过一阵。汤本馆的老板正是大本教的信徒。不可思议的是，当时小山上还升起一团蒸汽来。王仁三郎在汤本馆里望见这一幕，便称神灵告谕，此地可以挖出金子。信徒们于是纷纷从绫部跑来，挖起了矿山。

去年四月，竟有四五十名信徒一窝蜂涌入这个小小的村落。大本教的青年们成群结队大摇大摆地走在山路上，全是些外表和善的人。每天我都要跟他们家族五六个有些城里人模样的少女一道泡澡。

虽说几乎不曾交谈，但在我离开之际，总有两三个少女有意无意地目送着我，直至我上车为止。

金子没能挖出来。夏天我去时，发现废坑里的土已经塌了。

然而，久原等人手中还握着挖掘权，认为汤岛大部分的山都是金山。

王仁三郎我未能得见。但大本教的第二代教主出口澄子携其女即第三代来汤本馆时，我也在。那是两三年前的夏天。

---

①日本新型宗教之一。

我还有幸见到澄子入浴。那副身材并不美观,肥胖臃肿,稀疏的头发略微扎起,相貌委实不敢恭维,颇似乡下零食铺里的老妪。她泡完了澡,又迈开粗腿跨到檐廊上,抽起烟斗里的烟来。原来这便是一门教派的教主,着实不可思议。第三代是个二十岁上下的少女,气色全然不佳,透着疲惫。

我不喜大本教,却喜他们的祝词。既喜欢听那种祝词,也喜欢祝词里体现的远古的纯日本式的思想。可惜,近来这种祝词就连在汤本馆也几乎听不到了。

在大本教里,汤岛贵为他们的圣地。

山间四月,槭木一发芽,鹿角便开始脱落。村里人偶尔会在山里捡到落下来的鹿角。脱落下来的鹿角多隐藏在茂密的草丛抑或枯树枝里,唯有鹿角的尖能看见。

作为宫内省的天城御用狩猎地,汤岛久负盛名。今年冬天,猎了五十头鹿。

去年岁末,我还见过四五个当地的猎人在村子的河滩上射一头鹿。

此外,松竹电影的浦田摄影厂也常来此地取外景。我看过的一场,是梅村蓉子的《水车小屋》。落合楼前的河滩上,梅村蓉子拿起镰刀抹了脖子,三村千代子穿着衣裳从石头上扑通一声跳进水里。

泡温泉是我最大的乐趣。我很想穷其一生走遍温泉浴场,那样或许会利于身体并不强壮的我延长寿命。

纪州的汤崎温泉即因长寿人士众多而闻名遐迩。沿海滨道路走过，着实要为白发老人之多而惊叹。那里感觉悠闲自在，真想在汤崎租间屋子住上一年半载。

听说，汤岛的长寿人士也不少。

我从七年前起，每年雷打不动必来此地两三回。大正十三年那一年，我在此地差不多待了半年。

七年前，我身为一名高中生初来此地。当晚，遇见一位楚楚动人的巡游舞女到客栈来跳舞。第二天，又在天城山的茶屋与舞女相遇。之后，便与巡游艺人结伴在南伊豆同行了一周左右，直至下田。

那一年，舞女年方十四，故事稚嫩到几乎写不成小说。而那舞女，便是伊豆大岛的波浮港人。

（1925年3月）

神津牧场行

听闻，一群自轻井泽方向来的年轻诗人在牧场的住宿登记簿上见到本人名字时，竟半信半疑称，莫非真是本人上来了？这些人竟不知我身手的矫捷，委实无礼。但不论是我这文坛第一文弱（外表）人士，还是美容师芝山美代香女士等人，都将这场旅行称作快乐的旅行，想必也将作为神津牧场这条险路上生存的证明，在其旅行史上熠熠生辉。听说，诗人们还在牧场里欣赏了十五的明月。那样想来，我们在牧舍看见的，应当是十三的月亮了吧。

在京桥的明治制果总部，我们接过盒装冰淇淋，斗志昂扬地从上野车站动身出发了。一行四人，包括松坂屋美容部的芝山夫妇，还有我太太。我身上的登山包与太太的一身西式装扮，统统都是生平头一遭。在高崎换乘上信电铁，到终点下仁田下了车。虽说也有巴士，我们还是坐包车到了土合坂。这是从东京过来最近最便捷的一条路径。

土合坂再过了巴士终点市之萱，从去路因大山拦住而消失的地方起，汽车道开始迂回而上。我忽然出了许多汗。即便在盛夏，我都极少出汗："居然排了这么多汗，想来几十年都不曾有过,没准是有生以来头一回,体内的毒素想必也都彻底排空了吧?"

心情爽快至极。衬衫仿佛浸过了水,有人连背包里的物品都是湿漉漉的。从市之萱过去,仅有一里十町左右,攀过一道山便是牧场了。可就连文坛第一登山男士深田久弥都写道:"从市之萱起,上坡路竟有五百米之遥,使人彻底出了一身汗。"

没承想,我们遇到一对单手拿着油纸伞,轻松走下山来的漂亮的少女姐妹花。问起路来,说是只有很短的路了。相比少女们若无其事的步伐,我们一旦示了弱也着实难堪。

"你们是牧场里的人?"

"嗯!"

少女们点点头离去了。回头望向那背影时,却见群山山麓处有乌云抑或雾霭飘来。我们说起,少女们应当是拿着伞去接她们的父亲吧?大家聊到在下仁田曾经喊住一个叫竹村的汽车司机,问他要不要上车走时,我们一行人中,曾经来过一回牧场的芝山记起那人应当是牧场场长,因而猜想这对姐妹花应当是竹村的孩子。

没多久,这回从街角处英姿飒爽地出现在我们眼前的,却是一群做梦都想不到的现代少女。有胸前遮着包袱皮,仿佛系住脖子和腰肢,背后却全裸的少女,有穿着长裤的少女,宛若从镰仓海边沿海滨一路漂泊而来的深山美人鱼。正觉惊讶,却见秋天的野花多了起来,原来已到了一处名叫屋敷的小村落。我们一面在农家的水井旁喝水,一面打听一种绿叶泛着黑光的蔬菜名字,答曰"魔芋"。这里已是牧场高原。我们碰见了身背桑叶的村中少女。在那些开得绚烂的花间前行时,看见长得高高密密的玉米跟前立着标有牧场的柱子。物见山与牧舍皆在眼前。一片杉林的青翠之间,荡漾着祥和的草原的碧绿,美得有如受过黄昏那层淡淡的雾霭洗礼一般。

"呀,真好啊!真想做一头牛儿!"

美代香女士感慨万端。

"之前来这里时,还是深深一片大雾,伸手不见五指。有苏格兰牧羊犬摇着尾巴跑来迎接我们,就像从雾里冒出来似的,一身厚厚的毛还被雾打湿着呢。"芝山道。

据说,在他们抵达夜晚的牧场央人带路时,牛儿还"哞——"地应了一声。由于天黑,他们还错将牛棚当成了事务所。他说,此地的狗儿也不怕人,一直恋恋不舍地目送他们到岭上呢。

我们也受到了牧羊犬的欢迎。到了旅馆,在那不曾铺过地板的食堂坐下来,贪婪地喝光了冷牛奶,这光景才堪称天降甘露。正是刚挤的浓浓的娟姗牛奶。我们被带进二楼一间宽敞的客房。听说总部也来了电报,场长坪井要来。据说,盛夏时节会有三十伙来露营的。他们说,新建旅馆的设计已完成,但马匹运送材料要耗上一年。马匹驮着长长的木材,很难绕过急转弯。

由于避暑季里牛奶要送往轻井泽,因而没有知名的牛奶浴了。我们正在热水里汗流浃背,见窗外有人捧着大南瓜、卷心菜走过,应当是从田里为我们摘来的吧。没多久,向牧人宣告晚餐的钟声响彻周遭。不多时,我们的餐食里便有了诱人的法式蛋饼、煮南瓜、牛奶炖罐装牛肉与蔬菜、黄油炒毛豆、番茄、味噌汤。我们四人吃了又吃，吃得可笑极了。黄油与牛奶都很棒。至于那些新鲜欲滴的蔬菜，竟让我们头一回尝到如此鲜美的滋味。我们又多要了一份卷心菜丝。沥去肉沫水汽的纱布是煮沸过的。美代香女士不禁感慨，真是卫生！我们一面对菜肴连连称赞，一面向厨师打听着野花的名字，原来是葛藤、御膳花、酢浆草、夏枯草、山茱萸草、乌头、露玉、风铃草、款冬、石兰等等。

"到物见山看看吧！那些野草才真是百花齐放，各有各的美呢。"

此人言谈举止里都带着些女气。据他说，打少年时起便在此地了。

"一旦学会了挤奶，就可以在牧场里独当一面啦！在那之前，你得哭个三四年的鼻子才行哟。"

听说，若不用像小牛吃奶一样的手法来挤奶，牛奶便不出来，手掌也得像小牛的舌头一样柔软才行。

刚才那对姐妹花也跟着竹村一道回来了。

"你们是下山去接父亲了吧？"

询问之下，果然和我们猜测的一样。竹村正是前任的牧场场长。

芝山记起一种名叫"木下藤吉郎"的嫩芽十分美味。

"山里最美味的就是关苍术和蔓人参啦。"

厨师一面告诉我们那些自古便这样称呼的嫩芽都是些腌菜，一面帮我们铺好床铺。这期间，月色皎洁了起来，平缓圆润的牧草山坡也显得分外迷人。然而，比起凝望因秋色而澄澈的夜空，比起聆听秋虫，积攒在我们胸中更多的是一股快活的疲惫。九点前后，便早早入睡了。听说昨晚有轻井泽的洋人男女颇吵闹了一番之后才离开的，今晚却除我们外仅有一拨住客而已。周遭寂静，偶有牛声犬吠。

早起的美代香女士把昨晚洗的衣物晾在了院内的朝阳之下。远处东面连绵的群山顶上，清晨的雾霭正在散去。草原将小鸡映得雪白，马儿摇动着尾巴。葡萄架下，一群苏格兰牧羊犬正用脸盆吃着早餐。或许是习惯被人抚摩了，狗儿还跑来把头枕到我的腿上。牛群已经缓缓沿着斜坡而上。我围着牧舍转了一圈，小鹿一样的小牛正并排等着分发草料。终于分到的青草里，还夹杂着秋天的野花。脚上仿佛也沾了碧绿的朝露。受那些牧草的颜色吸引，我蹚过一道小小的溪流，爬上了山坡。很想一骨碌躺到这片地毯上，眺望晴空和远山。今天还是风和日丽。我走进朝阳洒入、视野迷人的屋内，吃起了早餐。竹村家那对姐妹花里的妹妹童花头上扎着洁白的头绳，步伐轻快地沿着走廊走来——这也是高原的清晨。餐前饮下的加了玉米的热牛奶里，透着牧场独有的美味。美代香女士看见在此劳动的老翁吃早餐，还感慨称，腌菜都不用碟子装，直接摆在桌上倒酱油，筷子用的则是枯树枝。

我们请坪井场长带我们转转。趁着一早凉快，先去爬了物见山，还跟来四条苏格兰牧羊犬。蹚过细细的溪流，穿过落叶松的畜牧栏，走过荚果蕨丛生的林子，向人打听那些人工牧草的名字

时，说是三叶草、千越①、鸭茅草。终于，我们爬上那片"百花齐放"的原野，来到物见岩，

"若不趁天气晴朗，若不来登高远眺，可是没法懂得这里的价值。"

诚如坪井所言，此地风景蔚为壮观。物见山高一千三百七十五米有余，上信的边界——牧场在我们眼前铺陈开来，总共有七百町步①。畜牧栏一万六千间，放牧草地四百五十五町步，人工牧草地七十町步，形成了几处圆圆的小丘和平缓的斜坡草原。山谷地带的杂树林里有数条小溪流过，有落叶松、桧树、人工杉林。草地之上，许多夏秋的野花纷纷盛开。人工牧草一片鲜绿，上面散落着放牧的牛儿。一切有如马赛克般组合起来，带来变化与和谐，令人想起阿尔卑斯山下的瑞士，一派异国情调的牧歌风光。跟着坪井所指的方向遥望群山，竟好似这可爱的高原一道雄伟的边框：近处的八风山、日暮山北面，还看得见浅间的烟雾喷发、一望无际的轻井泽高原和别墅的红瓦。再看向右手边，从东北到东南是碓冰、赤城、妙义、榛名。远处（今日未能望见）据说还有秩父山脉和筑波、利根川泛出的白光。转至南面，荒船山那耸立的三百尺岩壁右侧，有八岳山从佐久平往蓼科方向延伸。西南面，则可遥遥望见（今日未能望见）北阿尔卑斯。据说，从这片"信州暴雪之原"刮起的冬季寒风十分强

---

①或为俗名，语意无从查考。
①日本计算山林或田地面积的单位，一町步约合9917平方米。

劲。视线下方那些由初谷矿泉方向过来的人，那份从八岳山翻越蓼科而来的经历不同于我们，他们应当是真正的登山家。可以推断出，来牧场有多条路径，包括初谷矿泉、志贺越、香坂岭、和美岭等等。不知是为这片景观而骄傲，还是为我们遇上良辰而惊喜，坪井反复称，近来没遇过这样好的天气了。

从物见岩开始，这回又穿过开满野花的斜坡而下，狗儿正追逐着野鸡或是山鸟。这里是禁猎区。左手边的山丘上，能看见滑雪小屋。我们在旅馆稍事休息后，正要去参观约有十五栋的牧舍，迎面碰上一列来到放牧区的母牛。那些浅黄色、灰褐色、红褐色等的娟姗乳牛身后，跟着红白相间、褐白相间的爱尔夏乳牛。娟姗乳牛的牛角短小，体形呈楔形。爱尔夏乳牛的牛角细长，向前弯着，很是漂亮。还有一些垂着丰满的乳房，仿佛昭示着自己已身为母亲的牛儿。

从那好似酿造仓，据说贮藏着青储玉米作冬季草料的南进堂，我们逐一走过牧舍。母牛们统统来到青青的草原上，剩下的都是小鹿般的小牛。还有在产房里的母亲保护下，刚刚生下一周左右的可爱的小牛犊。细长的牧舍里隔成了一个个小间。听说，牛儿不会弄错各自睡觉的地方，还会主动进去。这也证明了它们属于优良品种。由于挂着的牌子上——写着使人骄傲的贵族血统，不会出现弄错公寓入口之类的庶民举动。在注重血统这一点上，牛、马、犬皆是如此。牧场还进口了价值五万日元、十万日元的种牛，致力于改良品种。为的正是竞争一头牛的初乳量、乳脂率、黄油产出量的世界纪录或是日本纪录（参照牧场简介得来）。

神津牧场因明治二十年由长野县志贺村民神津邦太郎创立而得名,以日本最老的高原牧场而知名。最初,是进口娟姗乳牛来饲养的。昭和十年十月起,改由明治制果经营。眼下爱尔夏乳牛和加拿大乳牛仍居少数,娟姗乳牛则占大多数,有一百三四十头,乳脂率最高,产奶醇厚美味,在欧美有"黄金牛奶"的美誉。这种娟姗牛奶与黄油是神津的骄傲。牧舍的涂料是兼有消毒作用的石灰。想来,正因这里是与世隔绝的高原,亦是奶牛无病无菌的乐土。此外,在耕地匮乏的我国,鼓励山地畜牧,非但拯救了农村的疲态,也关系到国土开发、促进国民保健和奶制品出口。……我们感叹着,原来如此,参观也不能太随意。

"没有种牛吗?在山上?"

坪井瞄了一眼种牛棚内,种牛立刻从近处的林间哞哞地回应起来。

"那个老人家都用洋人亲传的方法做了四十年黄油啦!在这方面,已经是个名人。娟姗牛的黄油,就是这么黄的。"

参观结束后正准备回去,看见牧舍跟前的草原上,那对姐妹花里的姐姐正逗弄着小狗崽。身为苏格兰牧羊犬俱乐部的成员,我们夫妻二人也抚摸了一阵刚产下一个月左右的小狗崽。

"你每天都跟小狗玩?"

"嗯!"

眼下正处于变声期的姐姐颇有些孤单,她在女校上二年级,住校。听说,妹妹性格开朗,每天都要往返于山脚下的小学上学。田部重治的文章里写过，曾在后厨看见她们的母亲，十分美丽。尾崎喜八也描述过几个孩子。正思考着有谁会描写这份牧场少女花季的美好，狗儿们忽然一同狂吠起来。

"因为小狗跟小牛是好朋友，它知道照料小牛的人经过，才这样兴奋地撒欢儿呢！"

在物见山走得有些累了。听说正午时分，有一身和服、系着腰带、脚蹬毡鞋的女子上山，还有老婆婆蹬着木屐上山，我们也鼓起勇气，决意来一场轻井泽行。

"再见啦！"

听见少女的声音，回过头去，见竹村家的女儿们也和厨师们并排立在窗口，妹妹正在挥手。坪井场长和狗儿一同目送着我们到高处。

一点半启程，一路上仗着牧场送的地图，兼以马粪为路标——这些运送牛奶的马匹据说每晚八点前后会离开牧场，夜半抵达轻井泽。途经一本岩、高立小村，还有七曲，到达南轻井泽牧场入口的杂粮点心铺时，恰好五点半——一路有高原，有沼泽，有溪流，有迂回山路，有落叶松林，俨然是山地旅行的微缩模型，一场快乐的郊游。当我们走下七曲被拦住去路时，在那片忽然间开阔起来、漫山野花的轻井泽原野上除去衬衫，席地而卧，那份痛快……

（1936年10月）

温泉六月

六月一日,我在街上挥手叫来马车,要从汤岛温泉到吉奈温泉去打台球。来到嵯峨泽桥上,车夫道:

"今天河边人多到黑压压一片嘛!"

自今天起,可以钓香鱼了。我们从那些落满白色地面的樱桃中小蛇般穿过,马车的车轮碾碎樱桃,绝尘而去。到了吉奈温泉,出租别墅的事务所里晃晃悠悠走出一名跛脚少女,帮我们把球拿了出来。

吉奈山山麓处,有高达四至六米的罕见的巨大石楠树。石楠是天城山知名的植物,比别处生得要高大茂盛。

白鸟省吾的诗中曾这样说过:

> 我只知以一句
> 在汤岛见过绝美的石楠花
> 来形容

大体来讲,红色的花蕾会开出淡淡的粉红花朵。据说,还有淡黄的花朵和雪白的花朵。白的据说相当贵重。它的叶子好比枇杷叶的儿子，花朵好比杜鹃花大小的妖精。这种寿命极长的花，在我房间的花瓶里开了将近一个月。我从那些花瓣表面看出一丝城里的疲惫。种种疲惫中，这种来自城里的颜色、形状、声音带给人感觉上的疲惫，是进山三个月的我最需要的。故而，像修善寺温泉等地也带给了我失望。

本月中旬，初中时的同学欠田宽治和清水正光从大阪赶来，时间和我相差一天。不承想，竟在汤岛相遇。第二天，我们三人一起去了修善寺。修善寺的乡土气息使我诧异。一流的旅馆竟带着如此的乡土气息，买不到一种看上去能吃的点心。然而，反过来我想，若是我从东京来，只怕要意外于修善寺的乡土气息而大失所望了吧？欠田刚在客栈登记簿上写下"大阪市东淀川区"，客栈的经理便跑来问长问短。三人索性聊起肆意兼并邻地的大阪人来：大阪市盲目并入郡部，企图成为日本第一大城市。近来，奈良、大津等地便是最好的例子。据说，一旦有大阪人涉足，尤其是烟花柳巷之类的地方，便彻底失去古老的情调，变成老油条了。

我从款冬的花茎上又得来与石楠花相反的印象。趁着春日，我沿松崎道往猫越岭上攀。自山麓处攀了一里多，只见细细的山路似一道闪电迂回而上。溪流的水源处似已干涸，石子雪白。这处山谷名为山葵泽。在一场小型山火烧过的痕迹中央，山路没了去处。不见绿树，粗大的树干倒在地上，上面四处是烧过的灰烬。头顶的乌云冰冷，一股陈旧的焦土气息仿佛依然扑鼻而来。此时，竟传来款冬花的清香。这时节，款冬的苔早就老了。尽管如此，它也是这片山火痕迹中唯一的绿色植物了。我的祖父当年尤喜这种"款冬的阿姨"那份微微的苦味。为了失明的祖父，我时常跑去摘这种款冬的花蕾——去年四月，还跟客栈里的人一起到后山去采款冬茎，今年又去挖了山葵根。不知是谁写过，挖山葵根使人忧郁，可我不觉得。或许是因它就像原野的杂草般四处遍生吧。挖完之后，我还连嚼了十根生山葵尝尝鲜。那股带着青草气息的微微苦味，倒也不能说难吃。

然而，款冬的花茎与山葵根都是春天的代表。石楠花到六月也该谢了，石楠花是五月里的花。眼下正是荞麦的白花在红色的麦秆上绽放的时节。

（1925年7月）

新东京散景

一、地铁

七月十九日温度

东京（路面）　——104度[①]

轻井泽　　　　——76度

筑波山　　　　——78度

地　铁　　　　——73度

所以，这里才是帝都唯一的避暑胜地——电车上的海报如是说。

话虽如此，地铁却太过散文情调了，一种最现代的散文。因为，它除了在上野浅草间以最短直线距离、最短时间来往这一交通工具的目的外，并不见任何多余的诗意。也不可能是种闲散的避暑工具。

再者，地铁也是东京少见的神经放松之地。此等令人神经得

---

①华氏度。

到放松的交通工具，显然地面上不可能存在。

二、纳凉电车

这一篇无关乎东京——只因，它是从"避暑电车"一词联想到的。

将交通工具彻底视作享乐工具的，是名古屋电铁。从名古屋柳町通往日本线犬山的纳凉电车，车上有一半铺着日式传统风格的榻榻米，摆着矮脚餐桌；另一半放的则是西式餐厅风格的大餐桌，堪称一家从城市到乡村的移动餐厅。

在东京也有这样的移动咖啡馆、移动酒吧在运转——不，在更将来的时候，没准还会出现飞行酒吧。

然而，眼下坐上一日元出租车绕着皇宫外的护城河转圈，才算是东京的新式纳凉活动了。

三、金属音

往地铁入口投入十元银币，肚子顶一下大朵金黄大丽花般的金属器材，便会咣啷一声发出金属的声音。这声音澄澈而响亮，是一缕引人怀念的凉意。

还有地铁天花板上投射的灯光，亮得没有影子。故而，也给人一丝没来由的虚幻。

四、一元汽船

隅田川上，一如既往地有砰砰响冒着蒸汽的汽船来往。自古便称"一元汽船"——太过古老的东西，反而有种新意。

近些时候，我曾从吾妻桥乘了一回，坐到言问。除了新建的札幌啤酒公司那雪白的墙被一排蝙蝠翼状的电光照亮外，夜晚时分并无什么看点。黑漆漆涨着潮水，水量寂寥。

到了言问，两名少女送一名少女过来，正在检票口话别。检票的老人家见状则道：

"没关系，进来吧！可以送她到船上去。"

纳凉船由两国桥开往品川台场。今年夏天一直想着坐上一回，却未能成行。

五、活报剧

流行活报剧的东京，却仅有一处专门上演活报剧的剧场。以剧场名谓之实在太过奇怪——浅草公园水族馆二楼。舞台底下是许多鱼群，那满身褪了色、伤痕累累的鱼鳞，仿佛尘世的疲惫本身在玻璃中游来游去。

而女人们的歌舞，只怕也正如那群鱼儿。

六、天蝎座

"天蝎座！天蝎座！居然出现在八月的夜空里？它是象征火热与力量的星座名字。"《问候》里是这样写的。

并且，还会在号称活报剧剧场的公园剧场里上演——喜剧、刀马戏与歌舞，这份奇异的大杂烩类似博览会上的助兴表演，这种大胆创新的变革有个新名字——活报剧。

譬如说，堀田金星的刀马戏《洲崎政吉》——那份以幼童作陪衬，以赌博为生计的古老的道德悲壮，使我这样的看客头痛不已，甚至坐立难安。惨白的舞台灯光中央，浑身是血的政吉临终之前奄奄一息——接下来的一幕，竟是明亮一如千代纸般的舞台。

木村时子、柳田贞一等人的芭蕾喜剧 CHIITAASU 则白痴而活泼，无聊至极。还有 Vaudeville 剧团。

再一个，就是曾我迺家的喜剧，充斥着惹人嫌恶的新派戏剧式道德训诫。

七、往日的他们

不过，CHIITAASU 那份活泼的无聊倒可以没来由地令我们快活起来。

一如十年前，木村时子一身蝴蝶般的舞服，赤着足，未穿舞鞋。脚上的香粉被汗水浸至浅黑色，脱落下来。就连柳文子那枯竹般的双足都是赤着的。

在Vaudeville剧团里，天野喜久代演唱《齐柏林伯爵进行曲》，藤村梧朗演唱《新娘娃娃》，还有柳田贞一。

譬如说，天野喜久代瘦了。只不过，十年前浅草歌剧辉煌时代的他们，因活报剧而再次焕发出光彩——可惜，他们已然没了爵士乐之前他们身上那份崭新的活报剧时代的坚韧放纵。拿他们和泽薰、春野芳子等新星比较一下，似乎颇为明显。

八、春野芳子

这位年轻的舞女，我想应当属于活报剧时代首次诞生的新式美人代表之一了。我看过她的两场舞——草裙舞和《收起长矛》。两场都是热带风情的野人舞，而她灵活地模仿着那个新的动物——黑人舞女约瑟芬·贝克——的四肢。在狂野的节奏与步调下，她那细长而舒展的四肢有如奇妙的玻璃娃娃激烈地跳动着，颓废的色情中洋溢着全新的动感。

九、花川户大厦

大江户与助六[1]这一名字颇有渊源。在浅草下了地铁，来到吾

---

[1] 日本传统戏剧中的人物名，有剧名为《花川户助六》。

妻桥畔的路面时，这栋高塔般耸立在眼前的建筑——花川户大厦给人印象极深。细细高高耸立的尖顶上，不知为何竟有个部分恍若教堂的钟楼。只怕这是新东京最具异国风情的大厦了吧。它便是新江户时髦的助六。

（1929年10月）

温泉通信

乍看白蚁漫天飞舞,原来是场春雨。

"等晴天了,咱们去挖山葵根吧!"女侍道。

四月八日。

彼岸樱、木莲,还有其他许多的花都开了,金袄子在鸣唱。我猜,狩野川里早有香鱼游来游去了吧。去年,我还问女侍菜里的炸鱼是什么鱼,女侍当即拿来厨师的信。

"送您的鱼是香鱼,要保密的。"那是有人趁解禁前偷偷捕捞的。可是,那时节牡丹都开了,因而今年时候还太早吧。

山茶花表面看还在盛开便啪嗒落下,实际却是异常顽强的花。今年开年,我和一群在本所的帝大福利机构劳动的学生去了趟净帘的瀑布。大家频频抛起石子,想把溪流对岸的花打下来。那段距离远到要使出全身力气,石子才能打到。可是,等四月初再来看时,依然在绽放。我和武野藤介两人还是抛了石子。那些新年没被打落的花,在四月啪啪地落下,流进了溪水。

许是因地处山间,此地时常下雨。总是时雨时晴,仿佛心血来潮。凌晨二时许,推开浴室的窗,那些本以为下过雨的地方竟洒满月光,乳白色的雾霭在溪流之上含羞地徜徉。"入夏啦!"

猛然间想起，已是四月初了。只因这山间的夜晚空气澄澈无比，树木的枝叶放肆地郁郁葱葱，经过雨水与月光的双重洗刷，分外清新。

的确时常感觉，这雨后的夜月太美了。跟客栈的女人们同赴仿佛灯笼里的灯忘在田间的地藏节时，便下了雨。回来的路上，月亮出来，山谷里依然笼着一层氤氲的雾霭。今年冬天，我和中河与一一家人搭马车到吉奈温泉那一日也下雨来着。后来放了晴，便有月亮和雾霭了。

"月亮也在走呀！"

有个夏夜，就在客栈背后的河滩凉亭里，有人跟我说过这样的话。彼时，身旁有东京的孩童们手持烟花棒左挥右舞，纷纷争着画出大大的火球。

"说'走'是有些奇怪。每晚只要坐在同一个地方赏月，就能感觉到，月亮走过的路线始终有种微妙的变化。"接着，对方又抬起手，"昨晚在这棵树梢，前晚……"

可是，在汤岛却见不到太大的月晕，见不到像样的朝阳、像样的落日。因为，东西全是山。清晨先是西面的群山遮上阳光明媚的头巾。头巾边缘滑过山腰散开来，太阳便升起来了。傍晚则是东面的群山遮上头巾。即便汤岛的山摘去了头巾，天城的山也不肯摘去。

若是想看一眼朝阳与落日的色彩，可以走到街上仰望远处天边的富士山。富士山既可以染上朝阳的晨光，也可以染上落日的余晖。

星空也是小小的。

> 好哟哟
> 好哟
> 喊起来
> 举起手
> 风的孩子在一起
> 后山竹林摇呀摇

这是村里小学女童的一首童谣。

没有什么比竹林更以一种使人寂寥、引人怀想的细腻情感来亲近阳光了。此地虽不似京都郊外那般竹林千里，却也有贫瘠的竹林稀疏地立在四处河岸、山腰，颇有种使人静下心来的风情。我时常卧在枯草丛上观望竹林。

从日光直射的正面观竹林是要不得的，一定要从背面观。还有什么能比竹叶上闪闪蕴藏着的阳光更美呢？我的心被竹叶与太阳亲昵的光之嬉戏所吸引，陷入忘我的境地。即便不发光，那份浅黄色的阳光穿透竹叶的明媚，岂不也是一抹寂寥而亲昵的颜色？

我感觉自己已经变成那片竹林了。整整一个月不曾跟人谈上几句像样的天，呼的一下竟似空气般清澈起来，已经忘了自己的情绪与感觉之门开合。

可是，时常有孤独寂寞袭来。我会闭上眼，咬住棉和服的袖口。这时，会传来温泉的气味。我犹爱温泉的气味。眼下待惯了这片土地,已不当回事,但在从前我会舍弃舟车下坡走进客栈。一感觉到温泉的气味,便几乎要落泪。在换上客栈的衣物时,鼻子擦过浴衣,还会闻到这股气味。不光是这里,还有许多温泉小镇都有许多不同的温泉气味。

"我还爬过那座山!"

友人一来,我站在下田街道上指着钵洼山正色道。攀上那道不知有没有三十町的斜坡,那座山就位于街道临近天城处。因而,从村里看去,相当高。这座山恰似一只扣着的钵,遍野是草。我花了四十分钟攀到山顶附近。从山下看似可爱的枯草,爬上去才发觉竟是淹没到胸口的芒草。忽地,五六个割草的男子哗啦啦地钻了出来,很是不可思议地看着我。我也感觉,自己这样爬山有些奇怪,于是匆忙下了山,感觉实在无聊——那是去年岁暮的事了。

前两天,我还和武野藤介爬了背后的枯草山,那面斜坡看似平缓,爬起来才发觉相当地陡。检视过险些滑倒的脚下,再把视线转向山谷对面的山腰。那里的杉树林梢不知为何有股异常可怕的力量袭来。上山倒罢了,对恐高的藤介而言,下山时走路连腰都直不起来了。

面对山间、天空、溪流,有时我会因为直觉忽地打开一扇窗,我一面感觉惊奇,一面伫立在原地,感觉已经融入自然,一如此刻的杉林。那枝头低垂的花朵,仿佛雪白的流苏。我从那些雪白的花朵感受到一股深深的宁静,看得入了神。我也看得出,那些雪白的花朵有着一丝病态的疲惫。

岂止在周遭漫步时不见一个人影，不见一栋房屋，有时就连客栈里的住客也仅有我一人。一个深夜，在无人的二楼，我听见一间带些西洋风格的屋里有只猫儿不停地叫唤。我走过去，帮它打开了房门。猫儿便跟着我的脚步来到我屋里，爬上我的膝头安静下来。旋即，一股猫的体臭涌入我的大脑，仿佛头一回体验到猫身上的臭气。

"所谓孤独，就像猫的体臭一样……吗？"

猫儿忽地从我的膝上立起来，神经质地挠着床柱。

会有哪个村庄只有一只猫、一条狗吗？若是那样，那猫狗岂不是见不到别的猫狗就死了？

新修了一条路出来。从汤岛嵯峨泽桥附近，在下田街道岔开，再从世古瀑布方向，直至伊豆西海岸的松崎港。细长的松崎街道很是开阔，一直伸到世古以外。

这场修路的庆祝仪式是在四月六日。别墅的庭院里，旅行的人们欢唱了安来节[①]。

从庆祝仪式日之前便绵绵不断的春雨，到了今日忽然放了晴。四月十三日。树干、枝叶、屋顶、花朵、溪流，风景处处沐浴着阳光，闪烁着迷人的光芒。

（1925年5月）

---

① 一译安来民谣或安来小调，日本岛根县安来地区的一种民谣。

初秋旅信

八月末，爱爬山的大学生吉村仰望着后山对我说：

"您爬一下那座山吧！昨天白天我在那里睡了一觉，很是惬意。秋草都开花啦，阳光也不晒啦！"

夏天时，许多友人来客栈看我。临走时，个个忘了带走扇子。那些扇子就在我客房的角落里隐隐散发着霉味。

冬天的大衣、冬天的和服、哔叽等衣物在壁龛的篮子里彻底发了霉。昨天请客栈里的人帮忙晾晒的冬帽上也生了霉菌。

我是一身冬装来到这家温泉的。打算初夏时分回东京，我还特地让人从典当行寄来哔叽，却一次也没穿成。做了一身盛夏的单衣，也没能上过身。到附近的温泉、修善寺和吉奈也是穿着客栈里的浴衣去的。

刚刚又从东京定制了初秋的单衣，打算穿着回去。

"天城私雨"——此地有这样一种说法。的确是天城私雨。天城山始终立在唯有它自己的雨中。拜其所赐，山麓这里下雨的日子也很多。八月中旬时，连下了十来天雨，我犯了神经痛，想要写字，笔却从手中滑落，还按摩了三四日。

横光君说过，他曾在伊贺的上野还是什么地方因长期降雨而无法出门期间，收获了"碑文"的构想。可若这雨下上一个月、一年，人都会像疯了一样，一个不少统统选择自杀。这段话，我从这家温泉下雨的日子里体会到真实的感受。

由于雨是在意想不到的时候下起，又在意想不到的时候放晴，并没有多高的山上，居然能看见迷人的雾霭。月光洒在山涧的雾霭上面，美极了。

月夜，泡进河岸的温泉，却见月亮将大树上背阴的叶子穿透成淡白色，从叶隙间往温泉上洒下数道光带，对岸山腰透着朦胧的白。咦？那种地方难道还有山崩的痕迹？这样想着，放眼望去时，那团白色的物体竟在静静地移动。是雾。

一个夜晚，正在关板窗的女侍喊了声"着火啦！"。的确，夜空好亮。从客栈的住客到厨师，统统跑了出来。

安然无事。是别墅的电灯把夜空照亮了。

或许因雨后放晴的夜里水蒸气太多了吧，小小的灯光竟把天空照得通亮。

狩野川人称"鬼门关狩野川"。那些关于鬼门关狩野川如何如何的报道时常刊在报纸的地方版上。就在我逗留期间，去年秋天和今年八月末，修善寺桥还塌了两回。

这一带因位于上游,故而并无大碍。只不过,从河对面温泉口搭到河上的水管被冲走了。前些天湍流异常凶猛,听得见咕咚咕咚冲刷岩石的声音。不可思议的是,居然没有香鱼的尸体漂上来。话说回来,香鱼显然正躲在河岸的低洼处避难呢。一名男子全然不在意汹涌的水流,拿起网走到水畔,从水流缓处掬了一捧水。

夜蝉早已不再鸣叫。眼下是那些哗哗叫的寒蝉。话虽如此,知了这股自暴自弃的聒噪又算什么?难道说,不喧闹到这般地步,便达不到生殖的目的吗?

即便一样鸣叫,像河鹿和金钟那样鸣叫又能怎样?更应当说,不能像蝴蝶、百合那样安安静静的吗?

一定是造物主在选择知了时,因女人发了脾气,才会如此不检点地四处狂叫。造物主,有点廉耻吧!

有雪白的小花开了,看上去就像贝壳一样坚硬。我满心以为如此,伸手握了握,居然柔软如棉花。我感到惊奇,有种瞬间语塞的心情。

这种琐碎的小事也能强烈地左右情感。待在这里,不会发生任何一件刺激情感的事。

"山上的石头才像石头。"这话是横光君的游记里写的。

"女人化了妆才像女人。"

忽然间,我这样嘟哝了一句。在身处深山的我眼中,这句话很有魅力。

一个名叫天城俱乐部，铺着白铁皮的戏园子就在村里。我在里面看过许多玩意儿。杂技是最有趣的。我爱看那类一旦失手便可能失掉性命的杂技。不论怎样的妇孺，在做那种杂技时都会全神贯注、表情认真，脸上耀出异样的美。而我作为看客，也会感觉精神紧张。

表演民谣安来节时，尾崎和宇野千代来了。宇野说听这种音乐还是头一回，感觉很有趣。

新年中河与一一家来时，有一场名为女伶歌舞伎的表演，中河也在游记里提过。一个穿着大红和服的女童艺人在舞台上失了禁，把舞台都染红了。近来，这间园子从观众席上还能看见后台和后台浴室。女艺人们在台上耍得比寻常的男艺人都厉害，一退回后台便露出贫瘠的乳房下有些泛黑的肋骨。

杂技演员牵着猴子和狗。一个年方十八九的少女长着娃娃般的脸，发出娃娃般的声音，命令小狗倒立走钢丝。

"够啦，够啦！可怜见的！也没必要让狗狗做这样的动作吧。"一个老婆婆观众忍不住说了一句。

少女做出一副娃娃般不快的表情。

我这半年间待在乡村的温泉，做了什么呢？不时到吉奈温泉，打打台球，思考了许多诸如死后生存的问题。

而更多的，则是懂得了竹林的美。

（1925年10月）

旅途信摘

湖岸的藤萝架上，花开得正盛。正值星期日，白色的游览船上客满。驹岳山头躲进积雨云中，对岸水畔那片新绿却迎着骄阳。

在等候去三岛的巴士期间，我一面在箱根酒店里服药，一面听着电台里的早庆赛[①]。

今年春天我和横光、片冈到东海道时，也曾在这个阳台上给各方人士写下明信片。

树木种种嫩叶的颜色，简直无法借文字来表达。细细的叶子仿佛渗入一层乳白色的烟雾，这叫什么树呢？

昨晚和前晚，留宿在小涌谷的三河屋。因常搭巴士经过旅馆楼下，很想进来住上一回。杜鹃开得有些过了火。

昨晚稿子写到凌晨五时，故而疲惫之至。今晚，尚不知到哪里投宿。既然要到宇津谷岭与夜晚的中山走走，应当就在静冈附近吧。这三天时间，无论如何都得写出六十页小说来，要连载的。

海潮上能看见少许晴空了。

---

①日本的"私立双雄"——早稻田大学与庆应义塾大学之间的棒球比赛。

巴士发车的时刻已到。

（于箱根酒店）

三岛站下午五时发车，我坐在开往滨松的列车上，三等车厢。

此前常在火车上写稿子，写得倒是很快，但因近来视力欠佳，不再写了。多半都是在客栈里写的。电灯往往发出昏暗的光，高悬在天花板上，倒不会坠下来。

香鱼垂钓客从骏豆铁道涌向了三岛站，应当都是从狩野川归来的吧。昨天是解禁第一天，今天又逢星期日。

狩野川上游的温泉，我相当熟悉。那里有我二十来岁的时光。我很想集中写写伊豆。作为预备之一，我打算将古今的伊豆游记编纂成书。

由箱根往三岛这一路风光，重峦叠嶂与翠绿山丘之间，麦田的金秋美不胜收。小村落里，收获了春蚕，还产下小马驹。透过巴士车窗，能望见有古老的松林行道树扎根。

今年迄今为止，沿东海道往返名古屋已有五六次。看到沿线的工厂越来越多，年轻的女性旅客越来越多，这些都是显而易见的。

由比、兴津一带的山上，套枇杷的纸袋纸色尚新，犹如一片盛开的花朵。田中枇杷——还有个地方名叫田中——正是为了纪念田中光显[1]而得名的。

---

[1] 日本明治维新的元勋人士。

在兴津下了车。我身背行囊,走到水口屋,不见出租车。近些时候,没法携带太重的行李旅行了。

水口屋闻名已久,因而还是想留宿一晚。好的客栈,可遇不可求。今年四处旅行过后觉得还不错的,就是蒲郡的常盘馆和京都的柊屋了。

今天本想在岩渊、铃川那些地方过夜,但因一到客栈便得动笔写稿,那种不知到哪里投宿才好的地方,实在不敢轻易下车。

(于车上与水口屋)

在箱根的三河屋里,我写了连载于《少女之友》的《美好之旅》。这是一部奇怪的小说。即使坚持写,也非乘兴下笔,不过是强写下去而已。花了精力、耗了时间,却欠缺趣味,我想也就是女学生们爱读吧。主人公是个双目失明的聋哑女童,一连十三个月,就连作者都感到一筹莫展;这名六岁女童好不容易才长到七岁,迟迟不能达到跟读者一样的女学生年纪,而此后情节却难以推进了。我是上个月和本月参观过盲校和聋哑学校才写的。盲童与聋哑儿童学校的存在,把一部分教育多少传授给一部分女童,或许也能有几分文化上的效应。至于参观学校,暂时我打算每个月都坚持。只不过,我总是被诸位为不幸儿童献身的教师所感动。

这篇小说听说还受到内务省图书科的人表扬,就是这样一篇东西。当然了,海伦·凯勒全集是我案头的参考书。书的主题是,尽管双目失明,双耳失聪,人生依然美妙。它是一部教育人的小说。若能把这名女童写到结婚为止,也不知需要多少年。我打算暂时先让童年篇完结,接下来再写少女篇或是青春篇。

《海伦·凯勒全集》是一套我想向所有人推荐的圣书,三省堂出版。

(于兴津水口屋)

由于明晚可能要开夜车了,今晚两点前后便提前收工,钻进被窝。可惜,直至凌晨五时都未能入睡。我在箱根酒店里红茶喝得有些多,睡眠药也不起作用了。红茶、咖啡、酒精那些我一喝便很难睡着,尽量不喝。可是,要写这样的文章期间似乎会忘记这一点,总是代替番茶在阳台上咕咚咕咚饮下三四杯。睡眠药是诺克泰纳尔,我尽量不用,量也不增,一颗到一颗半左右。

凌晨三时左右,垂钓的住客起床出去了。此人据说在解禁前已经四处看过河水,踩点观察过鱼群的多少了。到了垂钓日,他会雇两个当地人帮忙放哨,挑个好地方。住酒店三四天期间,鱼会腐烂。所以,他会量好重量和尺寸,拿给当地的香鱼商使用。回家时,再换回同样大小的鱼离开。他是东京人,可听说还会到四国去钓香鱼呢。

三保的松原与兴津海上相距约一里,看似很近。今年四月我从蒲郡回来时,曾在清水中途下车,顺道去了一回三保。当天是个风雨交加的日子,到羽衣松[①]这一路上,松林行道树相当地美,羽衣松真是好松。改日,我还要好好看看。这段时间,我这颗心

---

①日本知名景物,有相关的传说。

总是被古树、巨木所吸引。

（于水口屋）

凌晨五点半，总算写完了三十页。我这人照例不管作品的结果如何，只是苦于编辑的人情。

在水口屋里住了两晚。一个上了年纪的女侍对我照顾得无微不至，分外热情。见我那副昼夜专心致志、被一大堆工作压身的模样，似乎十分不忍。没有哪家客栈的女侍不同情、不感动、不热心的。

十一点前，似睡非睡了一阵。我要搭十二点半开往静冈的巴士。到静冈的火灾废墟。

在松坂屋门前坐上开往金谷的巴士，跨过安倍川，驶过手越，在丸子西端的王子桥下了车。来到吐月峰柴屋寺。一路边走边反复读着冈本加乃子女士的《东海道五十三次》中吐月峰和宇津谷岭一章。吐月峰这个名字因烟灰筒而闻名，却并非山名，而是寺院的别称。开山宗师是连歌师宗长。据说，名列东海道十七胜景之一。我们听送来茶水的僧人讲述了茑之细道和宇津谷岭的现状。据说，茑之细道连遗迹都已难寻，东海道的旧宇津谷岭自从下面通了隧道，废弃已久，须有当地人带路。如今的隧道并非旧岭底下的隧道，而是新开的。

据说，寺院的建筑依然保持着四百三十年前的原样。我一面在那张榻榻米上休息，一面又翻看起《东海道五十三次》，与实景加以对照，自己还在记事本里画了下来。冈本女士似乎是凭着记忆写成，还存在少许错误，诸如错将吐月峰当成山名，误以为隧道是火车隧道，等等。若是女士健在，我会告诉她，请她改过来。可惜，如今那些错误也只能是错误了。此时此地，反倒唯有这颗悼念故人之心是新的。我到故人游历过的寺里上了香。

竹艺太难携带，干脆不买。我的背包重到令寺院里的僧人吃惊。他们说，穿草鞋更轻松些吧。虽说里面装的都是东海道的参考书籍，可也没可能拿出来看一眼。

回到丸子桥，巴士还得等一个钟头，干脆步行。一离开二轩屋、赤目谷等人家和山峡路上的松林行道树，便有些旧东海道的气息了。我一面嗫嚅着"好啊，好啊"，一面触摸着那些参天的松树树干行走着，不觉间来到隧道的入口处。似乎走了一里多路。天气很热，我却穿得太多。索性脱光了擦起汗来，连衬衫都湿透了。感觉昨夜里做恶事的毒素全都排得一干二净，痛快之至。谢天谢地！只是，卡车扬起的沙尘着实教人无语。

出了隧道，四下眺望起那些似乎有旧道的山峰，清一色小山，颇使人意外，这便是传说中的险路？我在此地上了巴士。

春天的时候，片冈口口声声说要去大井川，横光口口声声说要去烧津，而我说的则是宇津谷岭。大井川也游过了，烧津也住过了，岭却没翻。这回，终于要翻了。从安倍川一带起，铁道线沿海岸向前，东海道在山间穿行。春天，我们三人是从烧津沿靠海的路走到用宗去的。

上了巴士，忽然间感觉肚子饿。等过了冈部、藤枝的客栈时，实在太困，于是在岛田下了车。本应从金谷走一回夜里的中山旧道，却困得睁不开眼。过了大井川，金谷那里便有与片冈、横光一同留宿过的客栈，但对于怕生的人而言，需要开口说话，这在困意来袭之际委实麻烦。

岛田今日是第二次来。只因三人同来时，曾在大井川以西的金谷留宿，我打算接下来看看东面的岛田街道，遂在去蒲郡的路上，夜半时分稀里糊涂下了车。今年四月开车去过的两三家客栈都已客满，于是到临近的一家小客栈过了夜。这家客栈三面拉门，一面是墙，房间十分奇特。我的旅行心得是，出门旅行只投宿一晚。然而，不论哪家客栈都不介意，这一点倒是有趣。我在这家饭食奇特的客栈里，吃过生鸡蛋加白米饭的早餐，起程出发了。

因着这样的缘故，我了解了岛田镇的个性。入住了一家此前曾被拒之门外的客栈，名叫鱼种。对方称客房很安静，把我带进了里面的单间，倒还不错。可惜傍晚天黑，字都写不了了。晚报上登着巴黎大轰炸的消息。吃过晚饭，美美地睡了一觉，心情无比惬意。十一点前后，女侍送来夜宵时，因见我正爬起来写着稿子，竟格外热心，还主动帮我添火，以免热水凉了。

明天要到哪里过夜，还浑然不知。因为要写出二十五页，也去不了太远。

（1940年7月于岛田鱼种）

热川信札

伊豆的温泉里，我不熟悉的仅有热川一地。故而，早从十年前起我便时常想来看看了。只可惜，去年冬天来伊东时不巧路还坏了，不能通车。因我偕太太一道出游，也没法步行。因而，眼下总算达成了多年的夙愿。

话说，一旦来了——只不过，作为旅途信札，直接用这样的说法着实有些扫兴，还是先说说热川给我印象最深的一两处吧。从此地客栈的客房里望出去，浮在海上的伊豆七岛美不胜收。即便是伊豆的温泉浴场，想必别处也难寻。再有，那烧焦了夜空的三原山神火仍然在远处海面上微微泛着红。不过，这是空气清凉的时节。由于当下适值晚春，近海一片云蒸霞蔚，就连大岛看起来都是影影绰绰的。

从热海到热川，我在巴士上沿着海岸线颠簸了两个多钟头。所谓平静的海上笼罩着樱花季的阴霾，与街道、山野相比，感觉格外阴郁。不光是海平线朦朦胧胧的，海面到处都荡漾着一种使大脑模糊的东西，颇使人焦虑起来。总的来说，似乎温暖的地方由暮春入初夏的转折时节并不好。尽管才四月二十二日，伊东的夜晚却是蛙声一片。

然而，就在今晚的夜幕降临热川之际，竟有年轻女子的歌声从河畔传来，似乎颇有些声乐的功底，仿佛与那伴着夜色渐渐高涨的涛声比赛似的，面向大海歌唱着。西洋音乐果然是青春的音乐，我的心一面被吸引着，一面来到走廊上。令我惊奇的是，那歌声似乎是娱乐室里的电台广播。广播声之所以听来恍若鲜活的人声，只因是借着涛声传来的。这便是夜晚的大海与旅行施展的魔法吧。说起来，紧跟其后的管弦乐也仍然好似大海里的狸子打拍子，仿佛带着一丝传说中的妖精般的凄凉。

这家客栈里相当宽敞的娱乐室一角，还有一处跳舞的场地。我很诧异。听说，女侍们也会跳舞。客房里还备有西式的衣柜。虽然想说一句"不该如此"，可是，热川早已在我想来却未能成行的这段岁月里发生转变。不，正在转变。并且，我所留宿的这家客栈应当是转变的热川即将高歌猛进的先兆。它是热海知名的樋口旅馆的别墅，女侍也多半是从热海的樋口派过来的。类似荒凉的渔村或山里的人家忽然建起东京的布尔乔亚式别墅。

自从七八年前我一个冬天都入住热海的别墅起，便感觉整座小城透着一股花柳街的气息。小卖店里的女人统统盘着精致的发髻，浓妆艳抹，拈花惹草、游手好闲的年轻人众多，似乎唯有名流与富豪才像个人样，是个惹人嫌弃的地方。可那还是在近来小城传闻中的新近盛产的女人泛滥之前了。而此后每每搭巴士经过，都能看见庸俗的变化。这已非好恶的问题，而要感叹于一种城市力量的发展了。

一流旅馆在设施竞争上的一路狂奔，想来是游客始料不及的。即便是流行竞争门面之大的新建、改建，也不单单出于虚荣，商业的盛衰也受到其支配。什么老店也好，排场也罢，渐渐不再发挥作用了。因而，纵使债台高筑，总之，决不能认输，越来越像东京许多商业的竞争一样激烈了。不光竞争浴缸的大小，还配了体重计、电动按摩仪，包括厕所的设施，一一都要竞争。就连客栈的女侍都在门口喊着热海是东京的门户。譬如说，城郊好像百货店或医院一样的大酒店，工程刚刚起步便停了工，好像长期荒废的日本剧场，看似鬼屋。这些应当也象征着眼下热海的一面。据说，建筑的主人已因金钱问题落入法网。

热海酒店也转手给根津嘉一郎了。据说，热川这一带还属于土地公司的地皮，可供出售。对此大惊小怪的人，才愚蠢吧。这种事，哪里的温泉浴场还不都是常有？村里人把土地低价卖掉了。我说了句，这不是犯糊涂吗？女侍却答，可是农民手里没钱呀。村里人若是留在手上，就算有人来挖温泉也不敢轻易投资，要建家客栈想来也非稀松平常。此地海滩极浅，石头极多，船只没法靠岸，故而没有渔家，只有零星几户农家。

在这家土地公司的经营下，别墅下方的温泉客栈也日益多了起来。据说，还有了艺伎馆。如今，这家客栈已然是一户人家了。五六町开外处，五六家简陋的温泉客栈暴露在海滩上，寂寥而古朴——这便是热川温泉。早从十年前起，我便听那些徒步旅行的学生讲过热川温泉原有的面貌，那幅树木稀疏、小山重叠的光景乏善可陈。而这家温泉客栈周遭几无人家，也使人平添了几分寒意。不过，听说荞麦店和寿司店里倒是有五六名女郎。

据说，热海的艺伎和陪酒女郎加起来有三百五十来人。昨天一早，伊东三业工会的女人们还一齐跑来看了下田的黑船祭。伊东的陪酒女郎跑到马路上挽起衣袖的光景，眼下也不必赘述，不过，连三陪女郎都有十人，还有室内浴室，设有西式房间，显然比东京这类地方要气派多了。客栈经理带我们走了一回这样的街道。经理是个步伐矫捷的男子。并且，在夜晚街头的光线之下，仿佛还有很美的女子。那一排巴士鱼贯驶入下田的画面，着实是一幅有趣的景象。

我说一些可供参考的吧：这家客栈留宿一晚要四日元、五日元、六日元，服务费取消了一成的小费。跟原来的热川客栈顶多两三日元相比，实在有负热海别墅的盛名。我本以为这里是田园客栈，此番才来一游，却稀里糊涂混进了城市风格的旅馆。故而，我从今井滨温泉经过峰温泉，看过黑船祭便要回去了。今井滨是号称伊豆舞女之地，客栈仅有一家今井庄，看起来也是城市风格，住宿费与这家樋口别墅一样。可是，那里的温泉据说是从峰①引来的。据说在峰那里，温泉多到像河水流淌。我在汤岛温泉逗留期间，曾经见过那里的温泉喷发。说起来，听说汤岛也有艺伎馆了，还亮起霓虹灯之类的招牌，跟梶井基次郎全集里所写的情形大有不同了。

（1934年6月）

---

①峰为地名。——译者注

关于美

看过大相扑夏季场最后一日的表演归来,一进工作室,便见桌上摆着希腊的赤陶人偶和六朝的陶俑。只因前些天从京都带了赤陶人偶回来,于是将其同陶俑摆在一处。两件都是超过一千五百年、两千年的古代人偶,都是从古墓里发掘的,都是上了色的素陶人偶。希腊的是个左手持环的女子,高约20厘米。六朝的是一位文官,自然是男子,高约25厘米。两件皆是小巧美观的立像。

深夜时分,如此典雅的古代人偶近在眼前,不禁使我想起白天现实中看见的相扑力士那魁梧的身材,忽然被一种异样的感觉所震撼。此外,因赤陶人偶是从京都带回的,我又试着回想那些跳着京都舞的女人的身姿。京都的舞伎与东京的相扑力士皆存在于今日的我们当中,号称国技,甚至是国色。想来,舞伎与相扑力士相比,体格是两个极端,职业所需的赤身裸体与一身和服也是两个极端。从生理或伦理的常识来看,相扑力士与舞伎应当都属于病态的丑陋。然而,我们中大多数人都会从中感受美,抑或说,对其狂热,追求遗留下来的发髻与曳地的腰带。若是没有了传统的发髻与曳地的腰带,反会觉得怪异,并引以为丑。想来,的确奇妙。虽说这些都是身体上、外形上的东西，但在我们的内心中、思想中，这样的事情想来也不少。

体重四十六贯的横冈东富士与十贯五百刃①的笔者，于同时代的日本各自致力于不同的道路，想来也是百般有趣。妙趣与哀愁皆无穷尽，这样一个我，为了在写这篇文章时头脑清醒，借田能村竹田亲手制作的茶盏饮下了玉露茶。茶托亦是古锡的舶来品，是煎茶宗师华月庵传下来的茶器。除了玉露，我还喝了美国产的咖啡。茶壶上还刻着竹窗满月点苦茶和竹田，茶盏上也写着字：文政八年，竹田四十九岁制。然而，我全不在意茶器的制作者与日式玉露的制作方式，只喝着茶。战败之后喝起美国产的咖啡，想来也是不易，我却不假思索地喝着。同时，我还看着桌上两个一两千年前的东方与西方的人偶。

有时，我会从罗丹的铜像里的手联想到已故友人横光利一的手，也会从喝食②的能剧③面具联想到横光的面容——的确有些相似之感。而我这样的心理活动，又算什么呢？前些天，我还看了京都舞。姑且不论相扑力士与舞伎的体格、风俗是否反人性，彼时我不过是遵从教诲而欣赏罢了。然而，一旦意识到这种有两个极端的现实存在，只会感觉异样。古希腊的赤陶人偶与古中国的

---

①日本的重量单位，刃为贯的千分之一。一贯等于3.75千克，一刃为3.75克。

②能剧面具之一，是一张半僧半俗的少年面具。

③日本主要的传统戏剧之一。表演形式辅以面具、服装、道具和舞蹈等。

陶俑摆在我这张日本的书桌上,想来也有些异样。这既是生的可喜,亦是生的可惧。

话说回来,赤陶人偶委实令人想象不出竟是两千多年前的希腊少女,相当地写实。六朝陶俑反而有些象征派。这两件小小的人偶也使人体会到东西方源流的差距甚远。两样都被今天的我当作今天的事物来看待,当作今天的事物来感受美。这样一来,在我的书桌上,我们的美已然存活了一千余年,两千余年。而在未来,还将继续存活一千余年,两千余年。似相扑与舞伎这等扭曲的美,对其贪恋而无法割舍,应当也是我们的悲哀。

(1950年12月)

美的存在与发现

我在卡哈拉·希尔顿大酒店逗留已近两个月。清晨，我在海滩的露台餐厅里，多次见过角落的长桌上摆放的一堆玻璃杯映在朝阳之下闪闪发光，美得不可方物。此前，我不曾在任何地方见过玻璃杯如此地闪耀。不论是在号称阳光明媚、海水湛蓝的法兰西南部海岸的尼斯与戛纳，抑或是意大利南部的索伦托半岛海岸，都不曾见过。我想，卡哈拉·希尔顿大酒店清晨的露台餐厅里这些玻璃杯闪耀的光，会像人称"常夏乐园"的夏威夷抑或说火奴鲁鲁的艳阳、晴空的光芒、海水的湛蓝、树木的碧绿一样，作为鲜明的象征之一，永生铭记在我的心中。

那些玻璃杯就像整装待发的队列，摆放得整整齐齐。只不过，统统是扣着的。亦即是说，杯底朝上。还有两三个摞在一起的。有大有小，堆放在一处，杯身挨着杯身。杯子并非整个杯身映着朝阳发光，而是杯底朝上扣着，杯底圆圆的边沿上有一处绽着亮亮的白光，仿佛钻石般闪耀出光芒。杯子的数目不知多少，或许有两三百只。也并非所有杯子的底沿同一处都是如此闪光，只不过有许多杯子的底沿同一处闪耀着光点，成排摆放的杯子整齐地串起了那些光点。

我凝神注视着玻璃杯沿闪耀的光点。这时，我眼中又看见杯身上也有一处藏着朝阳的光。这份光却不是杯底那样的强光，而是一种微弱而柔和的光。在艳阳普照的夏威夷，用"微弱"这一日式的说法似乎有失妥帖。那杯身上的光，与杯子底沿仅有一点闪光不同，是蔓延在柔和的杯面与杯壁上的。两种光都无比清新美好，或许是夏威夷灿烂明媚的阳光与清新澄澈的大气之故。我从角落长桌上那堆摆好的玻璃杯上发现了朝阳的光，感悟过后，又望向了露台餐厅。朝阳的光线正折射在已经摆到客人桌上，倒了水和冰块的玻璃杯上。玻璃杯身与玻璃杯内的水和冰块上，晃动着种种微妙的光亮。这些光亮也同样清新美好，若不仔细留意，甚至无从察觉。

想来，清晨的阳光将玻璃杯映得美不可言，应当不只是在夏威夷的火奴鲁鲁海岸。或许，法兰西南部海岸、意大利南部海岸，抑或是日本南部海岸，也会像卡哈拉·希尔顿大酒店这里的露台餐厅一样，从玻璃杯上映出明媚灿烂的阳光。再者，即便说，在玻璃杯这种毫不起眼、不值一提的事物上找不到类似火奴鲁鲁的艳阳、晴空的光芒、海水的湛蓝、树木的碧绿那般鲜明的象征，但无疑，象征着夏威夷之美的明显之处、独一无二之处，应当也不少。譬如说，绚丽夺目的繁花、郁郁葱葱的树木等等。再譬如说，还有些我不曾有幸见过的风景：海面一处雨后笔直耸立的彩虹、月晕般环绕月亮的圆形彩虹等罕有的景象。

然而，借着露台餐厅里朝阳的光，我发现了玻璃杯的美。我确确实实看见了。我第一次邂逅了这份美。想来，此前我在任何地方都不曾见过。若说这样的邂逅，岂不正是文学，岂不正是人生，是否要算太过夸张？或许如此，又或许并非如此。在我迄今七十年的生涯中，玻璃杯竟闪耀着如此的光，在这里我第一次发现、感悟到。

想来，不可能是酒店员工事先估算好玻璃杯会闪光这般唯美的效果才摆在那里的，他们也不可能预知到我看见它时会感觉多美。而我自身也对这份美感觉太过强烈，今晨受到一种异样的心理习惯左右，一见到清晨的玻璃杯，便情难以堪。不过，要讲具体些。尽管我说的是，那些杯子扣着，圆圆的杯底边沿有一处闪耀着星星，但过后几度望去，却发现随着观看的时间不同，角度不同，闪耀的星星也并非一颗，而是多颗。不只是杯底，杯身上也闪耀着星星。之所以感觉只有杯底有星星，莫非是因为我的眼睛看错了，我的内心想错了？不，的确有一颗星星闪耀的时候。似乎多颗星星一起闪耀要比一颗星星闪耀更美，但在我看来，起初只看见一颗星星的美时却更美。或者说，文学也好，人生也罢，大抵应当如此吧。

然而，我明明应当从《源氏物语》讲起，却啰唆起什么餐厅里的玻璃杯来。虽是在说玻璃杯，但我脑海里却始终浮现着《源氏物语》。即便说，外人恐怕无法理解，也不会相信。再者说，我对那些玻璃杯也描述得实在太过冗长。这种经验，也是我在文学与人生上的愚钝。在我，是常有的事。本来，从《源氏物语》讲起就好了。玻璃杯在闪耀，短短一句即可概括。或者说，以俳句、和歌来吟咏就已足够。然而，此时此地，对于发现与感悟这些玻璃杯在朝阳下闪耀的美，我很想归结成自己的语言。这一念头，应当也是我的心境。在某个别处，在某个别时，无疑也会存在与这些玻璃杯相似的美。可也说不定，在别处，在别时，并没有与之全然相同的美。至少，此前我还不曾见过。或许，可称之"一期一会"吧。

笔直矗立在海面某处的彩虹、月晕般环绕月亮的圆形彩虹，这些美妙的画面，我曾在夏威夷听一位作俳句的日本人提起过。对方还称，很想在夏威夷也写篇夏威夷的岁时记。这两种难得一见的彩虹都是夏季的季语，权且命名为"海雨"与"夜虹"。或许，还可以有更妥帖的说法。对方说，像"冬绿"这样的季题①，夏威夷也有。听到这些，我不禁想起自己借俳句所做的文字游戏来：

绿皆依旧绿，去岁又今年。

作为夏威夷"冬绿"的季题，似乎也说得过去。只不过，这是我于今年元日在意大利索伦托半岛所作的语句。彼时，我由秋风落叶时节的日本启程，飞过北极上空，在瑞典逗留了大约十日。彼处的太阳会在地平线上低徊良久之后沉落，因而白昼极短。随后，还是取道寒冷的英吉利、法兰西，来到了意大利南部的索伦托半岛。在我看来，隆冬之际，那里绝大多数的草木仍然一片绿色，绚烂、新奇，让人印象深刻。街边行道树上的橙子已是一片

---

① 一称季语，俳句中点明季节的词语，为俳句必不可少的要素之一。

浓浓的橘色。然而，这个冬天，据说意大利也是气候异常。

元日清晨忽落雨，维苏威①上雪无踪。
海上雨，山间雪。索伦托之路，阿马尔菲②见晴明。
元日驱车行，日暮索伦托。归程拿波里，灯火已渐明。

第二首和歌也是翻山越岭驱车时的和歌。来到山间，见大片雪花纷纷扬扬，犹如牡丹，在索伦托来讲，也是一种异常。

使我不甘的是，俳句也好，诗歌也罢，自己统统不会。然而，在遥远的国度旅行的快乐与放松使我兴奋，于是试着模仿，做了一场文字游戏。可一旦把这样的游戏记到本子上，过后用来备忘与唤起回忆，倒是相当有效。

那句"冬绿"季题的"去岁又今年"，意指送走旧的一年，迎来新的一年。即，感怀过去的一年，向往到来的一年。季题是新年。我借用的，是高滨虚子（1874—1959年）的诗句：

去岁又今年，好似棒子穿。

这句诗始终留在我的脑海里。这位大诗人的家宅，就在我镰仓的家附近。战后，在我写过一篇赞美虚子的短篇小说《虹》之

---

①即维苏威火山，位于意大利南部海岸。
②意大利市镇。

后，老先生竟然独自登门前来道谢，委实令人惶恐。不消说，他老人家身穿和服阔腿裤，脚蹬高齿木屐。最惹眼的，便是颈后衣领上斜斜地插了一枚长笺，长笺上写着要送给我的他本人的诗句。我第一次得知，俳句诗人竟有如此礼法。

岁暮到新年时分，镰仓车站有时会把住在附近的文人们自己写的和歌、俳句挂在站里。有一年岁暮，我在车站里见到虚子这句"去岁又今年"，着实感觉惊奇。"好似棒子穿"这一句震撼到我，打动了我的心。这说法实在了得，宛若遭禅宗当头一喝。依虚子的年谱看，这首俳句作于1950年。

（创办了）《杜鹃》①的虚子吟过许多犹如日常对话或是自言自语的诗句，自由自在，抑或说漫不经心，看似平淡。然而其中，也有一些无比庞大的诗句，令人恐惧的诗句，妙不可言的诗句，意味深长的诗句：

虽曰白牡丹，却泛微微红。
敢问枯菊上，仍留某物否？
碧空气隐隐，却道是秋晴。
年华似沟壑，只知默默行。

此处的"年华似沟壑"与那句"去岁又今年"颇有异曲同工之处。我在某一年新年的随笔里，还引过阑更的诗句：

---

① 杂志名称。

元日此心居世间。

曾有友人请我以此句题字。若依个人品味解读，此句可高可低，可雅可俗，或被解作平常的教诲之意。因而，唯恐单此一句并不合适，我又添上几句题给对方：

岁暮夜空美。　　一茶
去岁又今年，好似棒子穿。　　虚子
元日此心居世间。　　阑更
元日晴空下，幻出千鹤舞。　　康成

我这一句当然是主动赠友人的，不过是戏谑之作罢了。

而小林一茶（1763—1827年）那一句，则是我在镰仓的古董商那里见过一茶的亲笔挂轴之后记住的，并未查到是其何时何地写出的句子。

此地可是告老处？积雪竟有五尺深。

诗句是在其回归信浓柏原与雪国越后交界处野尻湖畔的故土之后写下的。假若真有五尺，想来在那户隐、饭纲、妙高等群山山麓的高原上，冬日的夜空高远，寒意逼人，繁星乍现，星辰闪动，犹如将坠。并且，正是岁暮除夕的夜半时分。故而，于

"美"这一平常的字眼中,美得以被发现,得以被创造。

而在虚子的"好似棒子穿"这句凡人难以企及、大胆无比的说法中,岂不也包含着深度、广度与强度?即便是"年华似沟壑"的诗句与"默默行"那样的说法,俳句中似乎也难得一见。不过,清少纳言(生卒年份不详。据信生于969年,最终可考在世年份为1017年)的《枕草子》里曾有过这样一段话:

> 只知一去不复返的事物,是……扬帆的船、人的年岁、春、夏、秋、冬。

虚子那句"只知默默行"引我想起了《枕草子》里这句"只知一去不复返"。清少纳言与高滨虚子都将"只知"一词发挥得淋漓尽致。经过950余年,语感、语义上或许有了些许变化,但我想,那份变化并不多。当然,虚子应当读过《枕草子》。然而,我却不清楚,虚子是在读到《枕草子》这一句时,把"只知一去不复返"留在了脑中,还是有如所谓"引经据典"般学习的。即便只是学习,更不可能阻碍其作出诗句了。同时,此处"只知"一词,虚子要比清少纳言发挥得更为极致。

既然《枕草子》出现在我的文中,自然也要流露一些《源氏物语》的气息。这两部作品被拿来相提并论,也是逃脱不掉的命运。《源氏物语》的作者紫式部(生卒年份不详,据信为978—1014年)与清少纳言,两位冠绝古今的才女注定生于同一时代。而有幸生于孕育并发挥其自身才华的时代,也是两人难得的宿命。假若两人出生提早50年或是错后50年，或许便写不出《源氏物语》和《枕草子》，两人如此出众的文学才华或许也将无从开花结果了。这是无疑的。这一点，想来令人恐惧。《源氏物语》也好，《枕草子》也罢，使我最先痛彻感悟的，正是这一点。

日本的物语文学不断发展，至《源氏物语》达到巅峰。军记文学不断发展，至《平家物语》达到巅峰。浮世草纸不断发展，至井原西鹤达到巅峰。俳谐不断发展，至松尾芭蕉达到巅峰。而水墨画不断发展，至雪舟达到巅峰。宗达、光琳派绘画不断发展，至俵屋宗达与尾形光琳，或者说宗达一人，达到巅峰。是否可以这样说，其后的追随者、模仿者虽非拾人牙慧，但诞不诞生或有没有继承者、后来人都无关紧要了呢？这一想法或许太过残酷，太过极端，但多年来多日来，我内心都为这一想法刺痛着。我也会假借时间这一宿命，思考自身的命运：眼下自己生存的时代，对艺术家、文学者而言，是不是最幸运的时代呢？

尽管我的主业是写小说，却仍然怀着一丝疑虑：眼下，小说果真仍是最适合当今时代的艺术或文学吗？说不定，小说的时代正渐渐远去，文学的时代也正渐渐远去。而在西方现代文学已传入约百年的日本，文学难道不是依然停留在王朝时代的紫式部、元禄时代的芭蕉那些日本式的巅峰，继而一路转为衰颓的吗？或者说，假如日本文学尚处在上升期，未来还可能出现新的紫式部与芭蕉，那的确大有希望。我倒是觉得，明治之后，随着国家开化勃兴，也出现了大文学家，但许多人似乎把青春和力量用在了学习与传入西方文学上，半生忙于启蒙，而不曾基于东方、基于日本自身的创造达到成熟。他们是时代的牺牲者。想来，与"不知不易立基难，不知流行无新风"的芭蕉颇为不同。

芭蕉自身的才华得到释放、培养，蒙受上天的眷顾，生于幸运的时代，为众多的高徒景仰，被世人认可尊重。尽管如此，在他奔赴《奥州小径》之旅时，还写下"纵死于道路，此乃天命"的词句。在最后一场旅行中，他曾写下：

暮秋驿路无行人，
深秋邻人在作何？

而在旅途中临终之际，他也写下：

旅途病垂垂，梦绕枯野奔。

我在夏威夷的酒店逗留期间，主要读了《源氏物语》，也顺带读了《枕草子》。而清楚体会到《源氏物语》与《枕草子》、紫式部与清少纳言的差异，还是第一次。我不由得感觉诧异，甚至怀疑是不是自身年纪之故。然而，在深度、丰富度、广度、博大度以及严肃度上，清少纳言远不及紫式部。我这份全新的感受，如今仍不动摇。此事应当很早便不言自明，也很早有人提及，而在我，却是个全新的发现。或者说，我又重新确认了这一点。紫式部与清少纳言的差异为何？一言以蔽之，紫式部所有的，是一份传递给芭蕉的日本之心，而清少纳言所有的，则应是不同于日本之心的源流——一言以蔽之太过极端了。当然也会有人提出质疑、误解，甚至反驳我的说法，那又怎样，悉听尊便。

此外，不论是自己的作品，还是古今人士的作品，以我个人的经验而言，所获的欣赏、评价会随着时间推移而发生变化。可能是大的变化，也可能是小的变化。一位始终保持评价不变的文艺批评家，想必要么是个相当了得的人物，要么是个太过愚钝的人物。说不定有一天，本人也会将清少纳言列为与紫式部比肩的人物。少年时代，我曾不明所以，只知阅读手头的《源氏物语》和《枕草子》。一旦放下《源氏物语》，翻开《枕草子》时，顿觉清醒，内心生气勃发。《枕草子》优雅、鲜明、耀眼、善于观察、干脆利落。那份唯美与感触新鲜、敏锐而流动，那份想象的自由，带我飞翔。大约也是这个缘故吧，有些评论家称，比起《源氏物语》，我的风格更延续了《枕草子》。或许，与《源氏物语》相比，后世的连歌、俳谐要更类似《枕草子》的语言倾向。然而，后世文学所敬仰所模仿的，显然并非《枕草子》，而是《源氏物语》。本居宣长（1730—1801年）曾在《源氏物语玉（之）小栉》中说过，"这些物语书中，这则物语是尤为杰出的物语，堪称空前绝后。首先，此前的古代物语中不曾见过任何如此深入人心的描写……不论何时，物哀的情节不曾深入人心。而此后的物语……所有的物语完全在模仿这则物语……却远为逊色……只是，这则物语尤其深奥，事事用心写成，一切文辞的精彩更不必说……包括春夏秋冬四时的天空景色、草木的光景，所有的描写都堪称精彩。当中还有男女、人物的情形、各人性情的分别描写……这些描写犹如隐约见到本人般历历在目,并非可借模糊的笔触达成"。本居宣长也成了《源氏物语》之美的最大的发现者。"我感觉,大体而言,对于人的感情的描写,无论大和与大唐,无论古今,甚至将来,都没有可与之匹敌的文字。"

宣长用到了"无论古今,甚至将来"的说法,亦即是说,在过去,也包括将来。这句"无论古今,甚至将来"使人怀疑是不是其在感动之余的语言夸张。然而,却被宣长不幸一语言中。此后直至今日,在日本还不曾出现一部可以比肩《源氏物语》的小说。也不知,玩弄"不幸"一词是否合适?这绝非我个人的事。作为早在950—1000年前已拥有《源氏物语》的民族的一分子,我渴望能出现与紫式部比肩的文学家。

人称印度诗圣的拉宾德拉纳特·泰戈尔(1861—1941年)来访日本之际曾在演讲中说过,"所有的民族都拥有向世界展现民族自身的义务。若完全不去展现,便可称民族的罪孽,比死亡更恶劣,是为人类历史所不接受的。一个民族必须展现他们最为精华的东西。这也是这个民族的财富,即,高贵的灵魂有责任超越眼前的部分需要,主动邀请其他世界参与到自己国家的文化精神中来,这是一种认可自身的丰富"。他还说,"日本诞生了拥有完整形式的文化。在这份美中发展了真理,在真理中发展了看清美的视觉"。时代久远的《源氏物语》如今依然比我们更准确地履行着泰戈尔此处所说的"民族的义务",相信未来也将继续。而这一点,难道不是既令人欢喜,又令人悲哀吗?

他还说,日本"使人(在日本)再次想到,在这份美中发展真理，在真理中发展看清美的视觉，正是我这种外来者的责任。日本适当而明确地建立了某种完整的事物。对外国人而言，要比你们自身更容易懂得它是什么。毋庸置疑，它是全人类宝贵的财富。在众多民族中，日本并非单单源于其适应力，而更是源于内心的灵魂深处"。（日文为高良富子译。）

拉宾德拉纳特·泰戈尔的这些话，是泰戈尔首次访日时发表的演讲内容。演讲于大正五年（1916年），庆应义塾大学，题为《日本的精神》。彼时，我还是一名旧制初中的学生，在报上见过大幅照片，上面正是这位诗人蓬乱的长发，长长的须髯，一身宽松的印度长袍，目光坚毅而深邃，宛若圣人般的风貌。他那白发在两鬓拂绕，鬓发长到好似虬髯一般，连至两腮，与胡须相连，那宛若东方古代先哲的模样，留在了我少年的记忆中。泰戈尔的诗，有些用的是初中生都能读懂的浅显英文，我也读过一些。

据说，后来泰戈尔也曾跟友人提起过，他们一行人由神户港登陆，在去往东京的火车"抵达静冈车站时，一个僧人团体焚香合掌，前来迎接。此刻，我才体会到这里是日本。于是，欣喜异常，乃至热泪盈眶"。据说，这是静冈市的佛教团体四誓会二十名成员前来欢迎他（据高良富子译本）的情形。此后，泰戈尔还曾经访日两次，总共来了三次。关东大地震的第二年（1924年）还来过日本。据说，"从爱中找到灵魂永恒的自由，从渺小中找到伟大，从形态的束缚中找到无限"正是泰戈尔的根本思想。

提到静冈，眼下我正在夏威夷的酒店里品着静冈县的"新茶"，是"八十八夜"采摘的新茶。在日本，立春之日起第八十八天，今年（1969年）正是5月2日，即"八十八夜"，所采回的新茶，据说是使人长命百岁、消灾祛病的灵丹妙药，很早便被当作寓意吉祥的贵重茶品了。

> 立春过后八十八，
> 夏天眼看要来啦！
> 漫山遍野嫩芽密，
> 那是因为在采茶。
> 头戴蓑衣草编帽，
> 大红肩带身上搭。

这首采茶歌，唱遍了四方，也是一支感受时令，引人怀想的歌。在有茶园的村庄，自八十八夜当天黎明起，村里的姑娘倾巢出动，采摘茶叶新芽。她们身穿深青碎白服，斜挂大红肩带，头戴蓑衣草编帽。

静冈县一位友人托静冈的茶行给我空运来5月2日采回的新茶，5月9日到了火奴鲁鲁的酒店。我随即小心翼翼地冲泡好少许茶叶，品味起这来自日本5月初的清香。此茶并非用于茶道的抹茶、茶粉，而是煎茶的茶叶。茶汤的浓淡如今仍需依照各人各时的喜好选择，主宾向主人请教茶的品牌已成一种礼仪，制茶的店铺还为各种茶起了许多风雅的名号。再一点，像咖啡、红茶一样，由泡出的茶叶清香与味道，可以品出泡茶人的人品与心性。

作为江户、明治时代的文人雅趣，煎茶之道如今已颇有古意，但姑且不论煎茶的礼法，要泡出有品位的煎茶，仍需诀窍、娴熟与心性。

我怀着满心欢喜冲泡的新茶，冲出了一缕醇厚甘甜的柔和香气，火奴鲁鲁这里的水也好。身处夏威夷品味着新茶的我，不禁想起静冈县乡村的茶园。那是一片山丘连绵的茶园。有时，我会在附近的东海道漫步。而我想起的，则是透过东海道的火车车窗望见的茶园。那也是一片晨光暮色的茶园。在斜斜的朝阳或夕照之下，一行行茶树之间，便是那沉积着山谷阴影的茶园。茶园里的茶树一律个头低矮，枝叶茂密厚重。除去新芽，叶子的颜色统统深青，仿佛微微透着黑，也沉积着一行行茶树间的阴影的颜色。透过车窗望去，黎明时分，那青色仿佛正安静地醒来，傍晚时分，那青色仿佛正宁静地睡去。有时，傍晚我看见山丘上的茶园犹如一簇青色的羊群安静地入眠。那还是在三小时即可从东京抵达京都的新干线建成之前，在东海道线上。

东海道新干线或许是世界最高速的列车，但因着那份高速，也失掉了透过车窗欣赏景物的情趣。而在旧东海道线那些旧有车速的车窗上，颇有些像静冈茶园那般吸引我目光、牵动我思绪的景物。其中印象尤为深刻、尤为令我感动的，是东京始发的列车驶近滋贺县之际，那片近江路上的风光。

春去不回头，近江人叹息。

正是芭蕉这句诗中的近江。每每途经春日的近江路,我脑中都会浮起这句诗,仿佛我自身的情感也包含其中。我惊异于芭蕉对美的发现。

尽管如此,也不过是我对此诗主观的理解罢了。应当说,通常,对于自己喜爱的诗歌甚至小说,人往往使之贴近自己,代入自己,自以为是地欣赏,不受作者的意图与作品原本抑或学者、评论家的研究与评论束缚,脱离其中,全然不知所以地欣赏。对于经典,亦是如此。作者一旦写完搁笔,在读者内心怎样存活下来,怎样被人杀害,全看遇到这本书的读者了,作者已无从追踪。"离开案头,即成废纸"——这句芭蕉的话,亦是如此。芭蕉写出此话时的本义,与我此刻引用的语义已大有不同。

那句"春去不回头"的诗也一样。我甚至忘了它是刊在《猿蓑》[元禄四年(1691年)发行的诗集]里的。只不过,我对诗中的"春之近江""近江之春"有所感触,它成了我感触的缘由。我内心的春之近江、近江之春,有着大片暖黄色的油菜花田,淡紫红色的温柔的紫云英花田,有着春日里雾霭氤氲的琵琶湖。近江一带,有许多油菜花田、紫云英花田。然而更令我感动的是,在列车驶近近江之际,车窗的风光竟成了我的故乡。群山的矗立柔和起来,树木的风姿细腻起来,所有的景物都细腻优雅起来。到了京都入口,京都近在眼前。进近畿地方了,进关西了。这是平安王朝、藤原时代(794—1192年)文学、艺术、《古今集》、《源氏物语》、《枕草子》的故乡。我的故乡位于《伊势物语》(成书于10世纪)里的芥川附近,是个风景乏善可陈的

- 102 -

乡村。因而，我总感觉，个把钟头即可抵达的京都仿佛也是我的故乡。

这回，我在火奴鲁鲁的卡哈拉·希尔顿大酒店里，又仔细重读了山本健吉（1907—1988年）的《芭蕉》里对于"春去不回头，近江人叹息"的评注。据说，芭蕉写下此诗时，并非沿东海道上行，而是自伊贺往近江的大津而去。《猿蓑》中，据说还有"望湖水惜春"的诗序与"泛舟于志贺唐崎，人人惜春"的诗序真迹。此外，"近江人"中的"人"，听闻还包含着一些人际关系。但在此仅从山本健吉的评注里节选本人需要的部分：

"关于此诗，《去来抄》（向井去来，1651—1704年）中有一则逸闻：'先师曰，尚白（江左尚白，1650—1722年）批曰：近江亦可作丹波，春去亦可作年去。汝如何闻之？去来曰，尚白之批不当。湖水氤氲，惜春应有据，今日尤超实感之上。先师曰，然，古人亦于此地爱春之事，绝不逊都城。去来曰，此一言彻于心。曰，年去若于近江，岂有此感？春去若于丹波，岂有此情？风光感人之事，真哉。先师曰，汝去来，应共言风雅也。先师尤喜。'另，《枭日记》（各务支考，1665—1731年）元禄十一年七月十二日牡丹亭夜话一条中有着同样的记载，结尾处即为去来那句'风流自在彼处'，支考亦称'应知所谓彼处'。"

风流，意即不论是发现美的存在，还是感悟所发现的美，抑或是创造所感悟的美,"风流自在彼处"之"彼处"委实宝贵,想来可称天赐之物。若能知彼处为彼处,真可谓美神的恩赐了。那句"春去不回头,近江人叹息"似乎不过是句简明的诗,却因地点正是"近江",时刻正是"春去",才有了芭蕉对美的发现与感悟。而在别的地点,譬如说丹波,在别的时刻,譬如说"年去",便不会有此诗这样的生命。若是"春去不回头,丹波人叹息",抑或"年去不回头,近江人叹息",便没了"春去不回头,近江人叹息"的意趣。与此同时,尽管多年来我稍微偏离了芭蕉作此诗时的本意,颇有些自以为是地领会此诗,但凭着"春去"与"近江",想必早已与芭蕉的心灵相通。即便说,这话听起来有些强词夺理也好。虽说我讲的是"彼处",还有,此前讲的是静冈的茶园,但存在于我内心的,却是《源氏物语》里的"宇治十帖①"。宇治与静冈齐名,同为日本茶的两大知名产地。因而,提起静冈茶园,便想到宇治,这似乎是种理所当然的联想,不值一提。然而,对于身在火奴鲁鲁的酒店,翻阅着《源氏物语》的我而言,"宇治"一词仅仅是个地名,正是"宇治十帖"的"宇治"。换句话说,便是《源氏物语》五十四帖中最后的十帖。《源氏物语》第三部里的"彼处"必须是宇治,连我的望乡之情都与此念类似,仅有些微妙的差异。此外,只不过把宇治写作了"彼处",故而后世读者都会不由自主地感觉"彼处"只能是宇治,这正是紫式部身为作家的力量。

---

①类似章回体的回,《源氏物语》共五十四帖,即五十四回。

洒泪投身入湍流，有人设栅将我拦。

但觉身心俱已死，更将弃我世间抛。

这是"习字之卷"里浮舟的和歌。"彼时横川之上居某僧，盖名曰都，乃高僧。"浮舟的和歌，讲的是这位横川的高僧偕弟子赴初濑祭拜归来，途经宇治之际，于宇治川畔救起了浮舟，并在其得救之后，稍稍平静下来，开始了习字的经历。

于初濑陪同的僧人与另一僧人夜晚对下等僧人道：

时燃火把，至无人近之后方。于恍若森林之树下"悚然之处"，似有白物伸展。

"其物为何？"

驻足明火，观其姿。

"狐妖否？可憎！须使现原形。"

……乃近身观其容姿，竟长发艳丽，近大树根处恸哭。

于是，他们只觉既稀罕又疑惑，不知是不是狐妖？遂唤来横川高僧细看，看门人也被喊来。

"鬼乎？神乎？狐乎？吾等天下之修行者在此，休得藏匿，报上名来！报上名来！"

言毕，欲牵其衣，竟掩面，愈泣。

"树精"乎？"古已有之无目无鼻鬼"乎？

若除其衣，必伏地恸哭。

"雨甚，若置之不顾，必死。"遂移之墙根。

僧都曰："确乎人形。切不可眼见其命绝而不顾，实不堪。纵是池中游鱼，山间鸣鹿，见其为人所捕，死之将至，若不相救，实可悲。人命非久，虽余命仅一两日，亦不可不惜。纵为鬼神附体，为人所追，为人所谋，将遭横死，佛祖必出手相救。另，暂使其饮水，试救。若终死，则无解。"

之后，便将得救的浮舟"置不扰外人之蔽处，横卧"。情形为"女子极年轻貌美，身着白绫衣红裤，香气袭人，高贵无比"。僧都的妹妹是位尼姑，她几乎以为浮舟便是自己已逝的女儿死而复生，出于怜悯，主动上前照料。"或得见梦中之人？"见浮舟"亲手梳理秀发"，她还以为"若见美貌仙人自天而降"，甚至"感觉之奇，胜过觅得辉夜姬之伐竹翁"。

可是，这般顺着"习字之卷"一路讲来，已到天明。若是讲读起"宇治十帖"，势必要花上两三年了。在此，我只能忍痛割爱。而借着紫式部的优美文风，"辉夜姬"的出场又映入我的眼帘。之所以这样说，是因为《源氏物语》"绘合之卷"里有一句"物语由来始祖伐竹翁"。而后世提到《竹取物语》时,也常常拿来引用。紫式部还称,"辉夜姬物语的绘画,常为人把玩""辉夜姬出污泥而不染,如约返高处""辉夜姬飞入云端,竟无人可知"仍是"绘合之卷"里写到的。"习字之卷"里,亦有"感觉之奇,胜过觅得辉夜姬之伐竹翁"。

昔有伐竹翁,入山野伐竹,造诸物,名曰赞岐造麻吕。因竹林内有放光之竹,遂疑,观之,见筒内放光。视之,约有三寸之人美不可言。翁曰:"吾竟不知汝居于每朝夕所见之竹内,此乃天赐之女也。"遂置手上,携返家中,嘱其老姬之妻抚育,美不可言。至幼,置笼中养育。

第一次读到《竹取物语》(成书于10世纪初)这段开篇时,犹在读初中的我,只觉甚是美妙。我见过京都嵯峨一带的竹林,或者说比京都更接近我故乡的山崎、向日町一带为种竹笋而栽的竹林。故而,我以为那片竹林之中,那美丽的竹筒内会放光,会有辉夜姬。作为一名初中生,我浑然不知《竹取物语》源于当时抑或说先前已有的传说故事。我坚信,一切都是《竹取物语》作者对美的发现、感悟与创作,而其自身亦立志如此。日本的小说始祖这一构想简直美到无以言表,甚至令人惊喜到发抖。同时,年少的我还将《竹取物语》解作了崇拜神圣的处女,赞美永恒的女性,继而对之心驰神往。或许是那份年少时的情怀还在吧,如今在《源氏物语》中紫式部所写的"辉夜姬出污泥而不染,如约返归高处"或是"辉夜姬飞入云端，竟无人可知"这些文字里，我也会孤芳自赏地加入不只是修辞的部分。按照时下国文学家们的说法，它体现了对无限、悠久、纯洁的思慕与憧憬，我也在火奴鲁鲁的酒店里重读了一番。

将"约有三寸"的小小辉夜姬"置笼中养育"，即，放进竹编的笼中养育，此事也令年少的我感觉极美。忍不住想起了《万叶集》（成书于8世纪）开篇的第一首诗：

手亦提美篮，身亦携美铲。丘上摘菜娘，君家在何方？我愿闻其详，请将芳名讲。看此大和国，皆为吾之土，俱是吾之疆。欲问我先言，家名我先讲。

我想起的，是这首雄略天皇所作的和歌，联想到的是山丘上那些采摘野菜的少女手提的篮子。而由飞入月宫的圣洁处女辉夜姬，我又遥想到那位真间的小娘子被众多男子求爱，最终却不曾屈从于任何一人的故事，想起这首"万叶"和歌，也是自然而然的。

……虽闻葛饰真间小娘子葬于此，草木蓊郁，松根久远，唯其词句与芳名，吾不得忘。

反歌[①]二首

葛饰真间小娘子，我祭坟茔告世人。

[①]不自独立而附属于长歌之后的短歌，称为反歌。

葛饰真间投江处，缅怀采摘珠藻娘。
山部赤人（8世纪）

鸡鸣吾妻国，古已有闻之，今仍续传言。葛饰真间小娘子，青衿麻衣，麻丝织裳，发不入梳，足不着履，身裹锦绫，终至成人，竟面似满月，笑靥如花。众男求婚时，若夏萤扑火，犹船只入港。却曰，人未必久生，然何故知我身世？奥津城海港，娘子卧坟茔，但闻浪声喧，此事虽久远，历历如昨见。

反歌
眼见葛饰真间井 记起女儿汲水时。
高桥虫麻吕（8世纪）

真间小娘子似乎是位万叶歌人理想中的女性。此外，还有菟原处女也曾被两名男子激烈争夺，最终姑娘悲叹出"见（二丈夫）为争一女而水火不顾，女儿遂语母，今世不得见，来世再聚"而死，虫麻吕也在长歌中歌颂了菟原处女这一传说。

……女儿长叹而逝，血沼壮士当夜梦见此事，遂追随而去。后菟原壮士仰天恸哭，伏地睚眦称，不可负于情敌，亦拔所悬短剑……

后有人赶去，两名男子亦死去。

> 听闻亲族相聚，造处女墓于中，壮士墓居于左右，以为永世之志，流传后世。此事犹如新丧，引人哭泣。

年少之时，日本的经典中，我最先选读的散文是平安王朝的《源氏物语》《枕草子》等几部。至于更早的《古事记》等，更晚的《平家物语》等，还有西鹤、近松等作家，则是后来才读的。既然如此，和歌本应选读平安时代的《古今集》，我却最先选择了奈良时代的《万叶集》。与其说那是我的主动选择，不如说受了当时的潮流引领。此外，尽管古今的语言的确比万叶浅显，万叶却比古今或新古今更易被青年理解，感触也更深。

而今想来，我的见解或许太过草率。散文当中，我选择的是女性化的婉约型，而诗歌当中，我选择的则是男性化的豪放型，此事颇为有趣。也即是说，我接触到顶级的文学，故而应当是好事。由《万叶集》到《古今集》，这份变迁中应当包含了太多东西。而更为草率的见解则是，有时我还会由万叶到古今的变迁，联想到绳文到弥生的变迁。那是陶器、土偶的时代。假若说绳纹的陶器、土偶属于豪放型，弥生的陶器、土偶便属于婉约型。只不过，绳文时代据说长达5000年之久。

此处之所以忽然提及绳文，是因为，我以为，战后对日本美的最大最新的发现与感悟，或许正是绳文的美。那些陶器、土偶绝大部分深埋在地底，被人挖掘出来，从而发现了纵使深埋在地底依然存在的美。当然了，绳文的美早在战前已为人所知，然而它的美被大大确认,大大普及,却是在战后的今日。我们重新看见了日本古代民族那份妖冶而怪异的、顽强的生命力之美。

话题由《源氏物语》的"习字之卷"一路朝联想的方向偏离,似乎很难回到《源氏物语》的正题来了。不过,说起横川高僧都准备救浮舟时的那段话来:

> 纵是池中游鱼,山间鸣鹿,见其为人所捕,死之将至,若不相救,实可悲。人命非久,余命仅一两日亦不可不惜。纵为鬼神附体,为人所追,为人所谋,将遭横死,佛祖必出手相救。另,暂使其饮水,试救。若终仍死,则无解。

这段话,梅原猛(1925—[①])曾将之解作"浮舟确为鬼神缠身,遭人抛弃,受人蒙骗,正是无处可去之人,唯有横死别无生路之人。正是此类人,佛才要解救。这正是大乘佛教之核心所在。正是这种被鬼神缠身,充满无谓之烦恼,失去活路,只能断绝自己生命之人,无可奈何之人,才是佛要解救之人。似乎,这既是大乘佛教之核心,亦为紫式部所坚信"。既然横川高僧都的原型是横川的惠心高僧都、《往生要集》的源信(942—1017年),他甚至还说:"《宇治十帖》中,紫式部是否挑战了当时最大的文化人源信?""不知她是否敏锐地嗅到源信的宗教学说与生活的矛盾,从而射出批判之箭?"被佛祖解救的人"似乎并

[①] 日本哲学评论家,已于2019年去世。

非源信这般高僧，而是浮舟那等有罪的女人，愚蠢的女人"。

紫式部怀着对浮舟的怜惜，使之静赴清净之界，以此结束《源氏物语》，留下了袅袅余音。至此，我仍未找见讲述《源氏物语》之美的切入口，但也不想忘了提及，美国的文学家，诸如爱德华·赛登施蒂克、唐纳德·金、伊万·莫里斯等人，也从优秀的《源氏物语》论中收获了诸多启示。十年前，我在英国笔友会的晚宴上曾被安排与引领《源氏物语》进入世界文学领域的翻译家亚瑟·威利毗邻而坐，也曾聊过三两句日文与英文，还借着英文、日文进行了笔谈，总之，交流过一次。那也是一段无法抹去的记忆。当时，我还说，希望他来日本。威利却答，不去，他担心幻想破灭。

至于说出"我想，《源氏物语》的有趣之处，外国人要比日本人更懂"（1966年8月16日，《信浓每日新闻》"山麓清谈"）。而令我大吃一惊的，则是唐纳德·金。"我涉足日本文学，正是在看过《源氏物语》的英译本大受感动之后。《源氏物语》的有趣之处，外国人要比日本人更懂。这本书的原文晦涩难懂，译成现代文则有以谷崎润一郎先生为首的诸多版本。当中为了尽可能展现原文的味道，用了许多现代日语中没有的词。而英译本却不必有这个担心。因此，借英文阅读《源氏物语》，我感觉相当震撼。我想，比起19世纪的欧洲文学，《源氏物语》要在心理上更为接近20世纪的美国人。因为，人物描写得实在鲜活……要说《源氏物语》与《金色夜叉》哪一个更老呢？《金色夜叉》要老得多。《源氏物语》里的人物都是活生生的。从这一

- 112 -

点来看，它永远新鲜，价值无可动摇。尽管时代与生活都不同于20世纪的美国，却绝对不难看懂。因而，纽约的有些女子大学便把《源氏物语》列入20世纪的文学讲座。"

金的"外国人要比日本人更懂"与泰戈尔的"对外国人而言，要比你们自身更容易懂得"也有遥相呼应之感。我想，这便是美的存在与发现的幸福感吧。

（1969年5月1日夏威夷大学演讲）

日本美的展开

我曾问过一位来日学习日本文学的意大利人："你对日本最鲜明的印象是什么？"彼时，他脱口一句："绿树多！"说起来，比起意大利，比起西方各国，日本的绿树着实多。尽管日本这种绿，与西方抑或南方各国那种明媚鲜艳的绿相比，属于一种暗沉阴郁的绿，但若静下心来观察，像日本这样数量丰富、差别细微的绿，怕是全世界都找不到吧。这一点在春天的嫩叶上极为明显，从秋天的红叶上也能看出。而树木花草的种类多如日本的国度，想必再无第二个了。不只是树木花草，就连山川河海的景观、四季的景象亦是如此。在这样的风土、这样的自然之中，日本的心灵与生活也孕育了艺术与宗教。

规模之庞大胜过埃及金字塔的仁德天皇陵（5世纪），便是一座前方后圆，仅有护城河与绿荫环绕的小岛，没有建筑，唯有森林。九州西都原的古坟群亦是一簇小小的丘陵群。被视作日式清净简朴之象征的伊势神宫（8世纪前）、堪称华丽精巧之典范的日光东照宫（1636年建成）等建筑，统统坐落于山林之间。即，坐落在大自然中。周遭广阔的大自然亦堪称是神社域内，堪比神社、寺院。在古日本，高山、深山、瀑布、泉水、岩石、老树，统统都是神灵，都是神灵的化身。这份民俗信仰而今依然作为传统得以保留，譬如伊势市二见浦的岩石、熊野那智的瀑布等。仿佛漂在濑户海上的宫岛严岛神社（12世纪）、中尊寺所有的金色光堂（1124年），既是在王朝政治为主的平安时代（794—1192年）转入武家政治为主的镰仓时代（1192—1333年）之际，于远离都城之地展现王朝风雅的建筑名作、艺术宝库，又是描写平家灭亡（1185年）与源义经（1159—1189年）之死（日本人最爱的历史悲剧）的文学《平家物语》（13世纪）、《义经记》（15世纪）中散文叙事诗所描述的古迹。在日本，历史、传说与文学中的古迹称作"歌枕"，多受和歌、俳句吟咏，游记之中亦有迹可寻。文学又诞生出歌枕，诸如《伊势物语》（10世纪）、芭蕉（1644—1694年）的《奥州小径》（1689年）等等。在国土狭小、开发较早的日本，历史、传说、艺术的名胜遍布全国，多数坐落在自然之中。即便是近年建造的京都国际会场，亦是在古都小小的群山环抱之下。我想，坐落在柔和风雅的自然之中，便是日本。

与平泉的金色堂、日光的东照宫等精巧细致的工艺装饰相比，龙安寺石庭（15世纪）、桂离宫（17世纪）以及诸多茶室、茶庭那份古朴的象征，更能让人看见自然的生命，读出人生的哲理，汲取宗教的精神。这似乎是西方人钟爱日本文化的感觉，或许也是我们现代日本人继承传统的方式。之所以说代表日本的美，能剧要胜过歌舞伎，水墨画要胜过大河绘，志野、唐津的陶瓷要胜过锅岛、伊万里，捻线绸要胜过友禅，未必仅是受了禅宗、茶道的影响，也是自古的心理。芭蕉称，画家雪舟（1420—1506年）、连歌诗人宗祇（1421—1502年）、茶道鼻祖利休[①]（1521—1591年）"贯道为一"。诚然，但此话也令我甚是恐惧。水墨以雪舟为极致，茶道以利休为极致，俳谐以芭蕉为极致。日本的小说有11世纪初的《源氏物语》冠绝古今，和歌则有《万叶集》（8世纪）、《古今集》（10世纪）、《新古今集》（13世纪）。至于佛雕，至飞鸟（592—707年）、天平（729—749年）时代为止，佛画与金工要数平安时代，禅道要数镰仓时代，陶器要数桃山时代（16—17世纪）最为鼎盛。此外，毋庸置疑，世界最古老的木造建筑法隆寺（7世纪）则是至高的佛教建筑。回溯至更早，在弥生时代（约公元前3世纪—公元后3世纪）的土器、土俑那份透着阴柔的朴素温雅之前，还有数千年的土器、土偶。那些充满阳刚、妖怪般的造型，超越了今日的抽象雕塑。绳文到弥生，与豪放阳刚的奈良到婉约阴柔的平安很是相似。平安的风雅、物哀[②]形成了日本美的源流。只不过，经历了镰仓的强权、室町的沉寂、桃山元禄（1688—1704年）的繁华，又迎来西方（文化）传入百年的今天。

（1969年）

[①]即千利休（1522—1591年）。日本茶道的开山宗师与集大成者。
[②]日本江户时代国学大家本居宣长提出的文学理念，指人因为外部世界而产生的各种感觉上的触动，这一点也在《源氏物语》中得到充分的体现。

我在美好的日本

道元禅师有首题为《本来面目》的和歌:

春花夏杜鹃,秋月冬雪寒。

明惠上人也有首和歌:

冬月现云间,与我两相伴。可觉冷风凛,可知落雪寒?

这两首诗歌,我在被人索字时曾经题过。

明惠这首和歌还有一篇堪称和歌物语①的冗长详细的序文,阐明了诗歌的心境:

元仁元年(1224年)十二月十二日夜,天阴月晦,入花堂坐禅。及至夜半出关后,离山房返下房之际,见月出云间,其光耀雪。虽闻狼吼于谷,与月为伴,亦无所惧。即入

---

①和歌形式的故事。

下房，后再出，月复阴。隐闻后夜钟声，再入山房，月再出云间，护我前行。至山房将入禅堂之时，月又追云而来，佯隐入前方峰峦，无人知其与我相伴。

而到了明月斜至山端，来到山间禅堂时，接下来便是：

我欲携明月，一同入云端，但求夜夜与友伴。

不知明惠是彻夜留在禅堂之内，还是黎明之前重步入禅堂，其在观禅之余睁开眼，却见拂晓的月光洒于窗前。其身居暗处，眼观澄净心光与月光浑然一体而无从辨别，心境正是：

澄净心光，何其皎洁，明月见之，亦作月光。

相比西行被称"赏花诗人"，明惠则被称"咏月诗人"。甚至，他还有首单纯反复吟咏的诗："明明复明明，明明再明明，明明明明明，明明明明月。"而这首夜半至天明的"冬月"之诗，则借"吟歌而实不觉歌"（西行）的意趣，直白、纯真地对月咏出。"与月相亲"，胜过所谓"以月为友"。望月的我已成月，我望的月已成我，融合进自然，与自然合一。拂晓之月，竟误将拂晓禅堂内坐禅僧人的"澄净心光"恍惚当成自身的月光。

"冬月"一诗亦如序文所阐，吟咏了明惠在步入山间禅堂之际，自身思考宗教哲理的心灵与月光微妙地交相辉映。而我之所以要以该诗题字,皆因其亦可解作心灵美好、心怀同情之歌。那云间隐现的"冬月"啊!那为"我"照亮来往禅堂的脚步,使我无惧狼吼的"冬月"啊!你可知冷风凛冽?你可觉落雪犹寒?作为对自然对人温暖、深情、细腻、关爱的吟咏,对日本人深切、善良之心的吟咏,我将此诗题写给他人。

以研究波提切利①闻名于世,学贯古今东西的矢代幸雄博士,亦曾将"日本美术的特质"之一归结为诗句:"雪月花之际,至念是友人。"每见落雪之美,每见明月之美,即,自身为四季流转之美所触动而觉醒之时,遇见亲身经历的幸运之时,总会倍加思念友人,欲与之分享喜悦。即,美的感动强烈地引发感念、关怀之心。此处的"友",广义上亦可解作"人"。而"雪、月、花"之类表达四季流转之美的词语。在日本,传统上用来表现山川草木、森罗万象、自然万物之美,亦包含人的情感在内。日本的茶道亦有"雪月花之际,至念是友人"之说,此乃根本之心。茶会即是其"感思会":所谓择良辰、聚好友、召雅集。——顺便提一句,本人的小说《千只鹤》曾被解作描写日本茶道的形神之美,实为误读。更应说,它是一部向当今世间早已恶俗化的茶道提出质疑、警告甚至否定的作品。

那首"春花夏杜鹃"的道元和歌亦是日本的四季之歌,只不过随意列举了自古日本人春夏秋冬四时之爱的自然景物代表,若说其流俗、老套、平庸,莫过于此;若说其难称和歌,亦无可厚

---

①15世纪末佛罗伦萨的著名画家。

非。不过，另有一首拟古人的诗，则是僧人良宽的绝命诗：

　　世间若要留遗物，春花杜鹃与秋枫。

　　此诗亦与道元和歌同样，将平常之至的景物与随处可见的词语一再连缀，与其说毫不迟疑，莫不如说颇为主动地传承了日本的精髓。更何况，该诗还是良宽的绝命诗。

　　雾霭起，漫漫春日里，伴顽童拍球。
　　清风皓月，邀来共舞。此情留待，暮年感怀。
　　虽非拒与世人交，一人游戏，我独逍遥。

　　良宽这些诗中的心灵与生活，讲到栖身草庵、粗衣蔽体、漫步乡野小径、陪幼童玩耍、与农夫闲谈，以及宗教、文学的深度等，话语并不深奥。在江户后期18世纪末、19世纪初，良宽以其"和颜爱语[①]"的脱俗言行，兼与诗歌书法一道，超脱日本近世之习俗，精通古人之高雅，纵于今日的日本，依然大受尊崇。那首绝命诗讲的是，自己在离世之际不会留下半点遗物，亦不愿留下。大自然在自己死后将愈加美好，此即自己留给世间的遗物。诗中既包含了日本古往今来的情思，亦可听见良宽的信仰之心。

---

　　①佛语。意指待人要以和善的脸色，对人要讲充满爱的话语。

苦待多时，伊人终至。而今相见，夫复何思？

良宽还有这种描写爱情的诗，我很喜爱。时年六十有八的良宽，临近暮年之际遇见二十九岁的青年尼姑贞心，成就了一段动人的爱情。此诗既可解作遇见永恒的爱人之歌，亦可解作久盼的爱人终于到来的欣喜之歌，"而今相见，夫复何思？"一句充满了直白。

良宽终年七十四岁，生于与本人小说《雪国》背景同为雪国的越后地区，即里日本[①]的北国，今日的新潟县，寒风自西伯利亚越过日本海扑面而来。其一生都在雪国度过。这位自知老之将至，时日无多，内心已然彻悟的诗僧有首《临终之眼》，诗中畅想了在其临终之际，眼中看见的雪国大自然亦将愈加美好。本人有篇随笔也叫《临终之眼》。但此"临终之眼"，则摘自芥川龙之介的自杀遗书。遗书中尤为吸引我的语句是这样的：

所谓生活能力，大约是指日渐丧失掉动物本能。

我眼下所置身的，是冰一般通透的、病态的、神经质的世界。（中略）几时我才敢于自杀，还是个疑问。在我这样的人眼中，唯有大自然比以往更美好。你或许会笑我既爱自然之美，又企图自杀的矛盾。然而，那是因为，自然之美正

[①]指日本本州岛面向日本海一侧的国土。与之相对的，是"表日本"。该词出于历史、文化原因或有贬义，现鲜少使用。

是借我这双临终之眼所见的。

1927年，芥川龙之介三十七岁时自杀身亡。我在《临终之眼》中亦曾写过，"纵使再厌世，自杀亦非彻悟之姿。纵使德行再高，自杀者距大成之境仍远"。此言既非赞美芥川与战后的太宰治等人自杀之举，亦非共鸣。我还有位英年早逝的友人，日本的前卫画家。他曾长年试图自杀，"口口声声称再无胜过死亡的艺术，死即是生"（《临终之眼》）。我猜想，此人因降生于佛教寺院，毕业于佛教学院，其死亡观念想必与西洋的死亡观念有所不同。大约，"但凡思考者，谁不欲自杀？"我心中有这样一则例子，便是那位一休禅师亦曾两度试图自杀。

此处以"那位"提及一休，是因其以故事中的机智和尚为儿童耳熟能详，其自由奔放、特立独行的逸事早已广为传颂。"稚儿攀膝抚其须，野鸟亦从一休手上啄食"，这一极度天真烂漫的光景，使其看似和蔼可亲的僧人，实则却是一位严肃虔诚的禅僧。据称出身贵为天皇之子的一休，六岁入佛门，随即展现出天才少年诗人的锋芒。其因烦恼于宗教与人生本源，曾留下一句"若有神灵，请将我救起。若无神灵，请将我沉入湖底，为鱼儿果腹"，随即投湖寻死，却被拦下。此后，因一休所在的大德寺有僧人自杀身亡，在数名僧人受牵连入狱之际，一休亦深感责任重大，称其"肩头任重"，一度躲入深山，断食求死。

一休诗集名为《狂云集》，自号狂云。《狂云集》及其续集中可以见到日本中世的汉诗，尤其是身为一介禅僧的一休那些堪称空前绝后、令人咋舌的情诗，以及直白袒露闺房秘事的艳诗。一休借开荤、饮酒、近女色，打破禅宗的清规戒律，从中解放自我，违逆当时的宗教形式，立志在那片因战乱而瓦解的世道人心中，确立人性的真实存在与生命本源的复活。

一休所在的京都紫野大德寺，至今仍为茶道圣地，一休的墨宝亦被珍藏作茶室的挂轴。我也收藏了一休的两幅真迹。其中一幅，写的是一行字——"入佛界易，入魔界难"。我深受其吸引，也常将之用于题字。其意可作多解，若思考太深恐将陷入无休止。但能在"入佛界易"后又加上一句"入魔界难"，此等禅意之一休深得我心。终极目标指向真善美的艺术家原来也有"入魔界难"的意愿，这份近乎恐惧的祈求之心溢于言表，抑或说深藏于内心，想必亦为命运之必然。无"魔界"，则无"佛界"。而入"魔界"更难，若心灵脆弱将无以达成。

遇佛杀佛，遇祖杀祖。

此乃世人熟知的禅语。佛教宗派，分为他力与自力。他力宗的真宗亲鸾曾称"善人往生，遑论恶人"，既有与一休"佛界""魔界"相似之心，亦有与其相悖之心。当然，自力禅宗亦有这样的极端说法。亲鸾还称，"不留一名弟子"。"遇祖杀祖"与"不留一名弟子"，想来亦是艺术的残酷命运。

禅宗不存在偶像崇拜。禅寺之内虽有佛像，但在修行场所与坐禅冥思之地，概无佛像、佛画，亦不备经文，唯有长时间打坐冥想，不言不动，而入无念无想之境。无"我"即为"无"。此"无"，非西洋"虚无"之"无"。而应说正相反，意指万物通向自在之空，无涯无边、无穷无尽的心之宇宙。诚然，禅宗亦受师之教诲，借师徒问答获得启发，修习禅宗经典，然而思考者终为自身，须以一己之力求得开悟，且比理论更为直观。与其受他人教诲，不如自身内心觉醒。真理乃"不立文字[①]"，在于"言外"。维摩居士更有"一默如雷"，想必已达极致。中国的禅宗始祖达摩祖师，号称"面壁九年"，相传其在石洞中面对石壁静坐九年，苦思冥想，终至彻悟。禅宗的坐禅，即来自达摩祖师的静坐。

　　达摩禅师，问则言，不问则不言，心应有所念。（一休）

此外，还有同为一休所作的道歌[②]："若言心之为何物，水墨丹青，松风之音。"此亦东洋画之精神所在。

大约，东洋画中的空间、留白、略笔亦属此等水墨精神。正所谓，"能画一枝风有声"（金冬心）。

道元禅师还有一句，"君不见？闻竹声而悟道，望桃花而明

[①]禅语，意为不涉文字不依经卷，唯以师徒心心相印，理解契合，传法授受。

[②]有教诲意义的诗歌，多宣扬佛教或宋儒心学。

心"。日本的花道名家池坊专应亦曾在其《口传》中称,"仅以寸水尺树,展江山无限胜景,顷刻间引千变万化之雅兴,可谓仙家妙术"。日本的庭园也象征着偌大的自然。相较于西式庭园多造得整齐对称,日式庭园多造得并不对称。大约是因为,不对称相比对称而言,可以呈现更多的意境、更广的意境。当然,这种不对称,要凭借日本人细腻微妙的感性才得以保持平衡。再找不到似日式庭园这般复杂、多趣、绵密以至于繁难的园林建造法。所谓"枯山水",仅以岩块、砂石堆砌之法,借"石群"展现并不存在的山川与海浪翻涌之景。而其凝缩至极致,即为日本的植物盆景、山石盆景。"山水"一词,由山和水,即风景画、园林之意,引申至"古雅幽寂"抑或"古朴简陋"之意。而崇尚"和敬静寂"的茶道之"寂侘(古雅幽玄)",无疑更是蕴藏了心灵的富足。极其窄小而简朴的茶室里,反而暗藏着无限的广阔、无尽的美好。

一朵花比百朵花更引人思及绚烂。利休亦有教诲:勿插开尽之花。即便是眼下的日本茶道,多数亦仅于茶室壁龛内单插一枝,且多为花苞。说到冬季,冬季的插花,有诸如名为"白玉"抑或是"侘助"的山茶。山茶中亦有花朵较为娇小的类别,择其中白花,单插一个花苞。无色的白最为清纯,亦最具丰富的色彩。花苞之上必凝着露水,以几滴水打湿花瓣。五月间,牡丹花入青瓷瓶中,作茶道用花再奢侈不过。此种牡丹亦为单个白色花苞,且仍带着露珠。插花之际,非但要为花洒上水,还需事先将花器浸湿之例亦不在少数。

日本的陶瓷花器中级别最高，价格也最贵的古伊贺烧（15—16世纪），便要在洒水之后才能醒目地发出迷人的生气。伊贺烧以高温烧制而成，燃料的草木灰与烟雾落到花瓶的瓶身上，随着火温降低，自然地形成釉彩。并非凭着陶瓷师傅的手工，而是瓷窑内的自然技艺，诞生出形形色色的彩纹，故可称之"窑变"。这种伊贺烧古朴、粗粝而坚硬的表面一旦有了水分，便可发出美妙的光泽。茶盏也需于使用前浸入水中，使之带上一缕润泽，人称茶道功夫。池坊专应那句"山野水畔，自成一姿"（《口传》）便是其自身流派的全新花道精神。残破的花器与枯萎的花枝上亦有"花"，其上有因花而得的了悟。"古人皆插花而悟道"亦是一种在禅宗影响之下，日式唯美之心的觉醒。想必，也反映了生活在日本长年内乱荒芜之中的人心。

日本最古老的和歌物语集《伊势物语》（成书于10世纪），书中包含了许多堪称短篇小说的故事，其中有一则在原行平[1]以插花待客的故事：

> 为有情之人插花于樽内，花中有奇异藤花，花簇垂约三尺六寸。

花簇垂落达三尺六寸的藤萝花着实奇异，令人疑心是否真

---

[1] 日本和歌诗人（818—893年），其和歌见于《古今和歌集》《后撰和歌集》等。

实。但我以为,其中的藤萝花正是平安文化的象征。藤萝花极富日本风情,兼具女性优雅,垂落而下,花簇绽开,伴随轻风摇曳生姿,祥和、端庄、袅娜,若隐若现于夏日绿荫之间,恍若一缕物哀。花簇若达三尺六寸,想来或有种别样的华丽。在以日本独有的方式充分消化吸收了盛唐文化之后,约千年之前诞生了华丽的平安文化,开创了日本美,堪称是种异样的奇迹,正如"奇异之藤花"开放。譬如说,和歌之中有最早的敕撰和歌集《古今集》,小说之中有《伊势物语》、紫式部的《源氏物语》、清少纳言的《枕草子》等日本古典文学的至高名著出现,开创了日本美的传统,非但影响了后世八百余年的文学,甚至统御了后者。尤其是《源氏物语》,作为日本古往今来至高之作,今日仍无与其比肩的小说。早在10世纪,便已写出如此现代的长篇小说,并作为世界奇迹蜚声海外。少年时代的我不解其意地诵读古语,亦是意识到这些平安古典文学之中多数蕴含着《源氏物语》。继《源氏物语》后,日本的小说纷纷对其致敬、模仿,并改编,绵延了数百年。和歌自不必说,从美术工艺到园林建造,《源氏物语》无不深远而广泛地打造着美的食粮。

紫式部、清少纳言,以及和泉式部、赤染卫门等著名的和歌诗人皆为宫廷仕女,而平安文化又多属宫廷文化,必然偏向女性化。《源氏物语》《枕草子》成书的时代,正是这段文化的最鼎盛期,亦是自成熟之巅走向没落的时期。这一时期弥漫着繁华盛极一时的哀愁,足以看出日本王朝文化的极致绽放。

其后,王朝日渐式微,政权亦由公卿贵族落入武士手中。后又经镰仓时代至明治元年，武家政治持续了约七百年。然而，天皇制也好，王朝文化也罢，均不曾消亡。镰仓初年的敕撰和歌集《新古今集》更进一步发展了平安王朝《古今集》中富技巧性的歌吟法，虽不无文字游戏之弊，却重妖冶、幽玄、余韵，又加入感觉幻想，类似近代的象征诗。西行法师便是横跨这两大时代，连接平安与镰仓的代表诗人。

> 莫非相思故，伊人入梦来？若知只是梦，唯愿不醒觉。
> 梦里赴君处，步履不停歇。怎比现实境，一眼胜万年。

《古今集》中小野小町①的和歌，纵是些描写梦境之歌，仍是率真而写实的。而经过《新古今集》之后，又演变成愈加微妙的写生：

> 群雀声中，竹移日影，正当秋色。
> 零落胡枝子，院内秋风瑟。夕照日影残，渐消于壁上。

这些镰仓末年永福门院②的和歌即是日本细腻哀愁的象征，给予我更多的亲近感。吟出"可知落雪寒？"的道元禅师和吟出

---

①小野小町（生卒年份不详），日本平安初期女诗人，平安初期六歌仙之一。
②永福门院（1271—1342年），日本镰仓时代女诗人。

"冬月……与我两相伴"的明惠上人，与《新古今集》约为同一时代，而明惠与西行亦作过和歌赠答。

　　西行法师时来闲语，曰，读我诗歌，与寻常大有不同。樱花、杜鹃、明月、冬雪，纵尽合万物之兴，亦皆为虚妄之相，塞目充耳。所吟语句亦皆非真言，吟花而实不思花，咏月而实不念月，唯这般随缘吟出。赤虹横卧，恰似虚空着色。白日当空，宛若虚空朗明。然，虚空本非朗明之物，亦非着色之物。我虽亦于似虚空之心上缀万般风情，而无形迹。此等诗歌，方为如来之真貌。（摘自弟子喜界《明惠传》）

日本抑或是东方的"虚空"，"无"亦在此得以体现。有评论家称本人作品为"虚无"，然而西洋的"虚无主义"一词并不妥帖。私以为，心之根本大为不同。道元的四季和歌亦题名"本来面目"，想来虽为吟咏四季之美，实则极通禅意。

（1968年12月）

纯真的声音

盲人音乐家宫城道雄在担任上野一间音乐学校的教师后不久，曾经有过这样一段经历：

"一天，我（宫城先生）在音乐学校里让筝曲专业的学生合唱本人所作的歌曲。学生们要么是女校毕业生，要么是些年纪相仿者。那些歌声的优劣姑且不论，却可称作一种纯真的声音，莫名地打动了我的心。由于曲子为咏叹风格，听着学生们的演唱，我恍惚感觉自己正步入天堂聆听天女的合唱，那种感觉无以言表。我在一张唱片里听过巴赫的大合唱，那首大合唱特地汇集了少女的呼唤，乐曲亦是如此。它与其他合唱的感觉极为不同，深深感染了我。自那以来，我一直想创作一首加入少女和声的乐曲。"

这段话语充满真实的美好情感。宫城为该文起名《纯真的声音》，然而我们也知道，正因他双目失明，那一刻的喜悦也必然更加纯粹。想来，他一面痴迷地聆听自己的歌曲宛若被天堂里的天女演唱，一面因心中充满清澈的幸福而忘我——的确是纯洁的一刻。

尽管我们并非音乐家，但听见少女们那"纯真的声音"，也未尝不会因那份世间少有的感觉而恍入梦境，忍不住闭上双眼。读小学时，有个比我低一年级，声音也十分动听的少女，她总是大声清晰地朗读教科书。经过她们教室窗下时，我会听见她的读书声。那书声至今犹在我的耳边回荡。此外，读到宫城的《纯真的声音》一文时，我想起的是一档电台里的节目。当时，播出的应当是一场女生演讲大赛。即，东京的几所女校各派出一名少女，每人发表简短的演讲。那些学生毕竟都是少女，多半言辞稚嫩，内容浅显，用的也是朗读的语调，自然不同于唱歌。可我却单单诧异于那些女学生的声音之美。其中洋溢着甜美的稚嫩，可以直接感受少女的生命，甚至胜过亲眼看见她们本人。只因我像盲人一样，仅仅听见了声音。我想，假使可以为我反复播出那些少女既非音乐亦非戏剧，而仅仅是日常的纯真声音，该有多么幸福？说起幼儿，则要数西方幼儿的声音更甜了。在帝国酒店抑或是夏日镰仓的客栈里，每每听见西洋幼儿呼喊妈妈的声音，我都会不由自主地重返童真，仿佛依偎在母亲的胸前。

少女抑或是幼儿的合唱之美，想来通过舒伯特的音乐电影《第八交响乐》（未完成）等方式，早已广为人知。然而，除却特殊的合唱不谈，即便作为独立的声乐家，所谓少女，所谓处女，通常也难以出彩——既不够圆润，亦不够丰满。这一点，也不仅限于音乐。在所有的艺术中，处女都是被人歌颂的，而不能自身主动歌颂。戏剧亦然。尤其是文学上，成熟的女性与并非女性的男性，反而要比处女自身更善于描写处女的纯洁。这一点虽说似乎有些悲哀，但想想一切艺术不外乎都是令人类完整的过程,也便不值得叹息了。或许,今日的日本,世间之种种妨碍到女性艺术家的成长才更值得叹息。——写完这些,我想起的,正是那位肩宽背厚、手臂有如拳击家或金刚力士、身材健壮的法国中年女士蕾妮·谢梅。

对于彼时的印象,我曾在一部小说中这样描写过:

"当第二部的大幕冉冉升起,一张纹色柔和的桐木古琴赫然摆在台上,取代了冰冷而充满力学色彩的三角钢琴。金色的屏风立在舞台周围,作曲者亲自以古琴伴奏。"

据说,这位世界级的音乐家曾每天都用她那双年轻女性的脚走八英里的法国乡间小路,到音乐教室去上课。想不到,今夜竟能欣赏到她与另一位七岁失明,为养活一贫如洗的家庭而沦落至朝鲜京城,以古琴师出道时年仅十四岁的日本天才音乐家,彼此超越人种与性别的差异而遥相呼应的艺术,借着罕见的东西方两种乐琴的表演合奏——当观众看见两人身穿和式黑色家徽衣裤和黑色晚礼服出现在台上时,无疑感动之至,掌声一如雷鸣。

据说,乐曲表现了海浪的拍打声、船桨的吱嘎声、穿梭飞舞的海鸥、明媚春日的海面,西住(小说中的人物)也在心中描绘着春日的大海。聆听着甜美清澈的小提琴声中流淌出日式的旋律,他想起初恋时的纯情。事实上,不曾见过那样的少女,心头却浮起日本少女的幻影——儿时的梦境召唤着他。

重奏者的步调全然一致,甚至使人恍惚将小提琴听成尺八,将古琴听成钢琴。

在蕾妮有力的臂弯底下,道雄纤瘦的手指在细细的琴弦上颤抖着,宛若神经质的小虫。

"就像男女颠倒了一样。"西住低语道。的确,当演出结束,两人接过鲜花,回应喝彩,走下舞台时,那位法国的女士仍然照顾着日本的失明音乐家,好似骑士与病弱的少女。

道雄也掩饰不住欢喜之情,脸上充满了全然看不见任何事物,只能侧耳倾听声音的人所特有的柔和而平静的微笑,还带着一份失明者的脆弱与日本人的礼貌。那纤细的手被强壮的手拉住,微微前倾的小小肩头被粗壮的手臂搂住,轻轻移动脚步的一幕,在观众心中唤起一缕日式古老琴歌般的哀愁。

并且,不论是蕾妮身上的男子气概也好,还是道雄身上的少女气息也罢,全然不会使人不适。它是达成高雅艺术心灵之人对美的共情的体现,也使观众对音乐的兴致加倍,雷鸣般的欢呼声经久不息。

"不用说,安可曲仍是《春之海》。这一次,蕾妮请道雄的陪同人员离场,亲自牵起盲人音乐家的手走到台上,协助他在琴前落座。"

有些观众激动得热泪盈眶。那一刻宫城先生纯粹的喜悦,应当说正是艺术家的幸运了吧。宫城先生本人也曾在《春之海》一文中说过:"无论我离得多远,所谓艺术的精神不变,它使人感到无比喜悦。"通过该文,可知谢梅女士在返法之后也称自己做了一件十分美好的事。她为日本的古琴所倾倒,在听过宫城先生演奏过几曲之后,钟情于《春之海》,连夜将其改编成小提琴曲，第二天还造访作曲者的寓所，为其演奏了一番。宫城先生说："（乐曲）原原本本表达出了我内心的情感。谢梅女士与我尽管语言不通，内心却完全一致。"由于谢梅女士希望将其作为礼物送给日本，乐曲还被灌制成唱片。我还看过两三支用这张唱片编成的舞蹈。

只不过，为了宫城先生的名誉着想，我之所以在这里重提本人小说中的印象记，是因为，宫城先生本人倒未必能用"病弱的少女"抑或"日式古老琴歌般的哀愁"等词语来形容。我在暹罗舞蹈团来访表演时第一次近距离见到了宫城先生，他那纤细而神经质的身体意外透出一股顽强的坚韧，全然不同于与谢梅女士同台时给人留下的印象。

由于当晚的活动由暹罗公使主办，因而秩父宫、高松宫及其他皇室成员多有莅临。或许是为了向远道而来的舞蹈演员们表达心意，妃子殿下们还带了鲜花。以国务大臣为首，朝野名流会聚一堂，会场内却全无严肃警戒的迹象。在我这种鲜有机会出席此类活动的人眼里看来，冈田首相的脑袋像颗芋头，十足的好人模样；林陆军大臣的长相居然比照片上柔和不少。诸如此类，颇为有趣。若是对本国的艺术家也能表示出如此的敬意，将着实可喜可贺。暹罗舞蹈团的演员们，多数是些和我们的女大学生年纪相仿的少女。

要展现暹罗舞蹈的传统，想来更要花些心思。她们的身形也和我国少女相似，只不过更瘦弱些。然而，无论如何，相当惹人怜爱。若说少女的声音是种"纯真的声音"，也可以说少女的肉体是种"纯真的肉体"吧。而在展现整个身体的舞蹈中，尤其是在裸露身体，多具解放性的西方舞蹈中，这种纯真的肉体之美，正是使人深深感动的源泉。未尝不能说，女子的美正以舞蹈为极致。或许，只有当女性将肉体之美视作生命，舞蹈才是女性的夙愿。

想来，没有什么艺术比舞蹈更直接崇尚处女之美的了。然而，即便是舞蹈，也依然多半是少女或处女，不过是些称不上完美的演员而已。这当中想必既有演员的矛盾，也深藏着苦恼。这一点暂且不论，既然有"纯真的声音""纯真的肉体"，想必也有"纯真的精神"。当然，古往今来受到文学赞美的对象多到数不胜数。然而，想到少女和年轻姑娘中几乎不存在杰出的作家，不单是女性，就连我们男性都深感遗憾。无论作为诗人还是散文家，女大学生都逊色于小学的女童，这又是为何？加入少女纯真歌声的歌曲，展现少女纯真肉体的舞蹈，这样的美，在文学中找不到。

通常来讲，女性要比男性更擅长写信。女性的书信中，感情流露要直白得多，带着一种肉体的鲜活之感。写他人的印象记等文时，女性也多半更能设身处地地体会描写的对象，可以毫无障碍地贴近人物。我以为，这正是女性这种生物的可贵。读那些无名的年轻女性所写的小说时，正因文字稚嫩，反而洋溢着作者的可贵，引人深思是否体现了"纯真的精神"。于女性而言，少女的纯洁与艺术之间的关系，想来应当是个难题。

（1935年7月）

伊豆的少女

说起近来我见过的乡下少女，便是伊豆的少女了。虽说同为伊豆，但生活在山地与生活在海边，感觉大有不同。至少，说起风俗好坏这一点来，全然不同。此外，譬如说，若是从伊豆半岛正中央的天城山往南迈出一步，眼前的景致都会瞬间变成南国的风光。至于我这半年间逗留的温泉，则以修善寺、船原、吉奈和汤岛一带为主。这一带当地人生活相对乏善可陈，并无多少给外人带来深刻印象的东西。或者说，没有多少东西可以闯进我们这些人好奇的心中或者批判的眼里。至于少女们的风俗习惯，更堪称雷同。再有，说起我熟悉的少女，多半是些客栈里的女侍。至于农家少女，虽有些知道模样的，可也仅是"见过"而已。故而，不曾深入了解过她们的生活。

说起乡下，按顺序首先应当把城里——这一带，要说是东京了吧——放到一边去考虑。比起大阪或是京都的乡下，东京的乡下全然称不上开化，并且，似乎太过贫瘠。只不过，伊豆这里的生活倒相对轻松。因而，并不见关东乡下常有的那份粗野或是泼辣。同时，少女们心中那股"到东京去！到东京去！"的向往似乎也不强烈，应当极少有人当女工，到外地去打工的。大约是因为此地温泉极多，东京人大批涌来，反而不受其影响了吧。若是来个漂亮的城里女子，客栈的女侍还会立刻来一句"这位客人真漂亮！"这句话带着极其单纯的反应，感觉相当舒服。

我眼下所在的汤岛温泉是个颇小的村落，有两三家的女侍可以陪男客。当然了，并非本地女子。然而，村中同这些女子闲聊的妇人或少女却相当有趣。譬如说，下雨天里，这样一个女子下了巴士，走进点心铺时，会拍拍来买东西的村中少女的肩头。而少女则报以善意的微笑。接着，双方便漫不经心地站着闲聊一番。再有，屋檐底下敞开胸脯为婴孩喂奶的村中妇人也会若无其事，甚至没完没了地跟这个蹲坐在跟前的奇怪女人闲聊一番。再有，今年冬天时，朝鲜糖果铺里不知为何涌来大批客人，于是在村里租了房子，只有糖果铺的老板住在店里。小河边上，有身穿白裙裤的朝鲜女子在洗衣。村中女人还在街道对面的人家排起队来，跟白裙裤女子学几句朝鲜话——着实一幅漫不经心的画面。

前些时日，我在吉乃温泉收听广播时，忽遇一只狗朝着广播狂吠。但我感觉，女人们这种漫不经心的接受方式似乎与那只乡下的狗颇为不同，相当有趣。

近来，听闻东京等地的城里女子已越来越不顾及贞操了。然而，从各地的乡下女子来看，无疑更应当说，东京的女子仍为贞操所缚，甚至令人惋惜。东京那边的女子无论是品行过优还是品行过劣，总感觉不知哪里萦绕着一股颇不自然的气息。而乡下的女子不管品行绝对好也罢，绝对差也罢，至少外表看上去自然。

伊豆这里，听说海边的猎师町或是码头，或者再往南走一点，也有相当过分的地方。只能说，这一带的风俗称得上极端正统。说起那些出了名的温泉，虽说听闻伊东或长冈等地也可寻欢，修善寺却应当不是。

这一带刚刚插完秧。打前一阵起，我每天都观察插秧，却大呼意外。此地居然没有插秧歌之类的娱乐活动。有位新闻记者一度对我说，似乎此地因生活轻松，刺激也少，对于恋爱的渴望也不发达。的确可以说，生活气息毫无特别。

而我在这乡间长期住下来，最大的感悟则是"境遇的不变"这一点。我似乎头一次清楚地感受到一股支配人们命运的境遇的力量。我所了解身世的少女，大都是客栈里的女侍。但境遇与她们的命运已然连成一条长线，清楚地映在我的眼里。我是个流浪者。用更矫情一点的说法，也算是天涯孤客。对于自己似乎并不拥有所谓境遇这东西，我感到非常不可思议。想起那些少女，我时常有种伫立在山间暮色中的心情。

再一点，这些女子也会不时提到"世故"一词。这间客栈里，有乡下少女过来帮人照料孩子的。不出一个月，到客栈里帮工便称自己世故了，干脆辞掉活计。而多数女侍只要稍微正经聊上几句，便连称自己"世故了！世故了！"。这些不带一丝世俗气的乡下少女居然会因自己太过世故而反省。而将自己世故与否视作自身生活一大问题的，想来也不只是乡下的少女，城里的少女应当也是如此。我在想，女子所称的世故，究竟是指什么？所谓世故，又是怎样一回事？单纯来讲，对女子自身而言，并且对男子而言，它究竟拥有怎样的意义？女子又是出于怎样的缘故，才会将此事视作人生大事？

　　伊豆这里属于多山的半岛。山与海为人们提供着大半的生活粮食，而非农业用地。那么，少女们是否也应当算是山海与田野间的孩子？只不过，伊豆这里绝不存在美人。

（1925年8月）

东京的女性

年尾时分来到睽违了一年的东京，最先让我感到惊奇的，竟是东京的女性几乎个个气色不健康，气色健康的只剩女学生了。她们看上去是那样疲惫、病态，不管是因为生活，还是因为情欲，都使我痛切地意识到，城市里的女性正过着一种极其不自然的生活。我仿佛重新懂得了所谓"与男性相较而言，女性是个不幸的物种"。若在乡下，则不必太在意。因为，生活在山野乡村，男女之间的幸福差距不似城里那样大。

石滨金作在其题为《男女之美》一文里提到了男女共同劳动的美。在当今社会，男女同工的情况下，没有什么工种能比那些田间劳作的男女农民更让人感觉自然的了。似乎只有农业才是一个可能实现男女同工的世界。在那个世界里，关于男女同工也没有什么如今需要视为问题的事。而城里的工作，要使人感觉男女同工如同农耕一样自然，可能得等到猴年马月了。此外，即便说女性守护家庭，或许是因乡下的房子皆是面对大自然开窗，也没有城里的房子那种使人闭门不出的感觉。并且，像农妇那样理解丈夫工作的妻子应当也不多。当然，这不过是外表见到的感觉。可是，在此情况下，也难以想象内里的真实与外表完全相反地存在。

我过去曾经写过一段话:"东京的女性,不论品行太过端正还是太过恶劣,不知哪里总萦绕着一股不自然的气息。可乡下的女性,品行极度恶劣的也好,极度端正的也罢,首先给人感觉自然。"说起容貌,见到那些乡野山间劳作的女性,我也从未想过多么丑陋,但在东京却见过许多感觉非常丑陋的女性。或许也是因我怀着一腔期待来到东京,原以为东京的女性很美,但无疑更是因城市本身的生活体系对女性的容貌天生敏感。这种事对女性而言是否能称作幸福,也值得怀疑。再者,说起化妆,那些从乡下来东京的人里,有相当多与其说给人感觉不自然,不如说滑稽的。她们穿着劣质的和服,单单脸上却是新近流行的妆容,仿佛展示着女性整体的悲惨。就连个子矮小的女性都是一副苤蓝上扣炒锅的打扮,扎起遮住两耳的发髻。这样一种努力,仿佛展示着女性整体的悲哀。即便不是如此,那些瘦弱的肉体也有一种不健康的表情。由于长期泡惯了男女混浴的温泉,即使是个穿得很厚的女人,我也看得出她的裸体。因为这些,东京街头见到的女性总使我感觉悲哀。

总之,对女性而言,如今的城市生活,感觉要比男性百倍地不幸,感觉会将女性更多地带向不幸。不论是职业女性,还是现代新女性,在那些乡下来的人眼里,各有各的不自然,进而感觉滑稽,甚至悲惨。唯独女学生是例外,女学生应当是现代女性里最幸福的物种了。紧随其后看起来自然的,则是幸福家庭里的安稳妻子。

我倒不认为，要所有的人类归于尘土，女性幸福健康的时代才会来临，但东京的女性的的确确属于受到男性与城市双重征服的令人心痛的物种。若是从男性手中解放出来也意味着从城市中解放出来，那着实可喜。也可以认为，从城市中解放出来，同时意味着从男性手中解放出来。

（1926年3月）

温泉杂记

肌肤触感

有些温泉令人肤色白皙，肌肤柔滑，有些温泉使人肤色黝黑，肌肤粗糙。这一点，想必稍微到过几处温泉的人都有亲身体会。然而，游记中却少有提及。以送子效果闻名遐迩的温泉数不胜数，而以养肤功效闻名远近的温泉则不多见。

私以为，美肤养颜有特效这一点着实应当成为温泉的魅力。关注那些培养艺伎的方式也会发现，要养出一身洁白无瑕一如凝脂的肌肤，泡温泉起着最大的作用。温泉岂可不利用起来？想来，若是有擅长美肤养颜的温泉着重宣传这一点，再完善相关设施，指导人们如何泡浴可以美肤养颜，想必也会相当有趣。

尤其是蜜月旅行等，若是需逗留一段时间，应当事先了解一下当地温泉与肌肤的关系，最好避开那些使人肌肤粗糙的温泉。即便有当地女人作陪，无疑也是有美肤功效的温泉更佳。或许有人会笑说，不过十天、二十天而已，可是，有泡上一回肌肤便光滑细嫩的温泉，也有泡上一回肌肤便粗糙难耐的温泉。泡温泉的也不全是病人，多数是找女人作陪的游客。

即便以上只是笑谈，可若说起泡温泉的乐趣，难道不是要以全身浸入温泉水中，或者说，以全身肌肤接触泉水的吗？水给予肌肤的触感左右了乐趣，而触感又千差万别，这便是温泉的个性。绝非仅以什么热温泉、冷温泉等简单方式可以区分的。日本人钟情泡澡，按理自然应当懂得这种肌肤触感的乐趣，触感也应当敏锐。既有冬季养肤的温泉，也有夏日养肤的温泉；既有保养青春的肌肤的温泉，也有保养老人的肌肤的温泉。喜好因时因人而异，与食物并无分别。

我希望有人可以不单是调查温泉治病的功效，也调查一下肌肤触碰到泉水的乐趣。也希望打造浴缸时，可以考虑这一点。只能造出一些大而无用抑或像西洋玩具那样的来，算不得本事。

温泉与文学

像《金色夜叉》《不如归》等小说着实出名，但，绝不能说那些小说就是描写热海或伊香保的小说。小说描写的只是热海或伊香保的风景，不过是借用一下背景而已。因而，不论是土肥海岸上的离别，还是盐原山间采蕨根，在小说中并无分别。阿宫与浪子并不知晓热海、伊香保的当地人怎样生活，她们的眼中只有贯一和武男。她们也不是温泉浴场里的人。

描写温泉的小说、戏剧并不少见，但绝大多数都是旅行者本人的文学，类似一种海报里的画或是广告上的写真。不过都是客栈住客眼中的印象，而非温泉浴场里诞生的文学。它们与当地人们生活的真实面貌毫无关联。我曾经在伊豆住过一段时间，也在伊豆读过一些伊豆文学。不论是田山花袋的游记，还是吉田弦二郎的随笔，都存在着显而易见的谬误。也就是说，因为那只是游人匆匆一瞥留下的印象。不论哪一部温泉文学，从当地人的角度来看，无疑都充斥着胡编乱造。

不论怎样刻画应酬中的艺伎、旅馆里的舞女、舞台上的女伶，想必都无从体验她们的真实生活。温泉文学的作者一律是坐在客厅内的，不曾到后厨里、女侍间、保险箱中看过一回。更何况，那些温泉客栈跟村里人的关系、外来资本经营的温泉跟当地的关系等，更是天方夜谭。至于客栈里短租的住客也不可能清楚。有些时候，与其向当地人打听，还不如问问外来打工的人，他们的话反而更传递真实。因为，对于这个害自己背井离乡前来打工的地方，他们的怨言更为强烈。

这样看来，倘使真正的温泉文学并非那些歌唱过客的恋爱、赞美风景的宜人、描写风俗的奇特等表面而肤浅的文学，而是深入挖掘当地人们生活美丑的作品，也未必能给温泉带来宣传的效果，反而可能因揭开真相而妨碍揽客。然而，仅靠浅薄的编造，不讲述真实，是否也太过无聊？相比过客的观察，我更期待温泉浴场里诞生出这样的作品来。

（1934年10月）

海畔归来

一、女性化的部分

女人们的眼睛一直在跟夏日海畔的日光抗争,因而使得那些瞳孔的颜色与眼睑线都显得凌厉,失去了女人特有的柔和。那身光滑的肌肤也被海水与日光侵蚀得格外粗糙,僵成了栗色。

海水浴使女人的体形健美起来,却令其触感带了些男人的气息。虽说这属于夏日海畔的健美,男人们依然试图从女人的身体上寻找女人。那么,又会找到什么呢?——嘴唇、指甲,还有足底。

嘴唇、指甲,还有足底,身体这三处并不会晒黑。

嘴唇经过一夏的海水滋润,变得格外鲜活,指甲泛起桃红色的光,足底受了海潮与海沙的洗刷,反而开始泛白。从而,为夏日海畔少女们那健美的身材添了几分意想不到的妩媚。

初秋的街头,已不再有少女们身穿浴衣赤足走过。她们将全身藏到妆容底下,仿佛借着丝袜和雪白的布袜遮住双腿,瞬间恢复女性的特质。此刻,脱下袜子来看看吧。那夏季里还很健美妩媚的足底已散发着病态疲惫的气息。

她们聚在海畔街上的肉铺门前,泳衣还是湿漉漉的,却忘了买回镰仓火腿了。

二、泳衣

泳衣为何而穿？

聪明的恋人们，想必笑而不语。

若是大胆的少女，说不定会答，为了化出最大胆的妆。

泳衣在胸前勾勒出白色的半月，还在脚上勾勒出白色的圆圈。这些隐藏在泳衣底下的白色线条，便是夏日海滩最动人的秘密花朵。看到这些花朵，正是海畔之恋的战栗。

女人即使在婚礼那一日，也不会化出如此大胆的妆容。

或许正因如此，年轻少女若不趁着身体勾勒出这片白色的秘密领土期间赶紧恋爱，似乎一生都不可能再有机会了。亦即是说，她们感受到一丝寂寞，仿佛青春正同避暑胜地里的夏日一道逝去。

三、人工的季节

避暑胜地与妇女杂志对季节最是敏感了。

日本人自古便号称对季节敏感的民族。可惜，若是没了人工刺激。城里人恐怕早已感受不到季节这东西了。正因到了如此的地步，妇女杂志才要将季节告知我们。

八月中旬，妇女杂志便会将崭新的秋带给大海，吸引海滩的人们到百货店里，到美术馆去。

沙滩上的海藻、贝壳、海蜇尸体，这些事物也能使人感受到秋意。人总是有意无意地感受季节这东西的短暂。然而，却不曾留意到他们的季节不过是人工制造的季节。

仿佛被人催着般匆匆返回城里，却见出售明信片的商店门口依然摆着女明星的泳装写真。虽说这些本都是早于季节的玩意儿，可眼下却落后于季节了。即便只是画像，却仿佛透着一丝凉意，那泛白的哀愁。

四、入伏晒物

海畔归来，即刻把书籍、衣物拿去晾晒，以防虫蛀。入伏晾晒衣物不过迟了一点点，却已散发着冬日的霉味。冬衣那份浓重的色彩已使人感觉不出夏日的闷热。那份华丽，倒使人有种秋日空气的清新之感。

而夹杂在这缕冬日气息里的，正是夏日海潮的气息。这缕气息中，可以听见大海的声音，可以看见快艇，还有晒黑的沙砾般的肌肤触感。然而，吸收了海潮的风，夏日的薄衣物竟是会如此发黏。单衣腰带这缕疲惫……

于是，她在她的内心看见了有如这单衣腰带般的大海的疲惫。这份情感，仅凭区区一两日无以晒去蛀虫。

找出一张不知是何地何人的业余摄影者在海畔为我拍下的照片，自己都感觉不到一丝美。

五、季题

因为上了年纪的慵懒，祖父不会到海边去，只闷在家中作些大海的俳句，聊以避暑。祖父的屋子，我从海畔归来，总是又要打扫这里，这难道是我的义务吗？拾起书桌上关于俳句季题的书来，我看了一眼，上面写着：

露珠、明月、闪电、流星、花野、捉小鸟、鹿笛、伐竹、腌菜、鹌鹑、沙丁鱼、蓑衣虫、秋蚊、葡萄、秋七草、鸡冠花、芭蕉、丝瓜、凉爽、银河、入秋的强风、不知火①、二十六夜②、安房祭、六道参③、西鹤祭、八朔④、白小袖⑤、秋扇、候鸟、秋萤、桐籽、一片树叶、芙蓉、秋海棠、荞麦花。

六、习惯

折下院内的枯枝，丢进泉水里。猛地回过神来，庭院里的枯枝可不是海滩上卷来的树枝，这泉水也不是那映着夕阳的大海。原来，回忆便是这样的东西？即便独自一人做着两人共处时的

---

①夜间海上许多神秘的火光闪烁的现象。
②即阴历七月二十六夜。
③盂兰盆节迎佛活动之一。
④即阴历八月初一。
⑤小袖为一种窄袖便服。

事,又能怎样?到明年夏天来临之前,有谁还会记得今年海畔的誓约吗?

似乎三日不洗头发,便觉脑袋上积了许多毒素。难道是因为每回被海水打湿时,都像男人一样胡乱地洗了头发吗?

话说回来,海滨浴场里,女人的秀发有多美好这事,已全然遭人遗忘。

一面一天泡着两三回温泉,洗着清水浴,一面却又不能好好清洗身体——多么怀念海畔的日子。返回城里之后,依然改不掉走路时两只手夸张挥动的习惯。

恋人们仍是一身盛装,走在白昼的沙滩上,仿佛一身尘埃的假花。

这双眼睛的习惯到哪里去了呢?海畔归来,最先消失的海畔习惯,便是这双眼睛了。

七、临时女佣

初秋闹市的柏油路上,这个夜晚,她们也打算步行。火车站里热闹一时。趁着车站还未冷清下来,离开海畔小镇回乡,是夏日最后的欢喜——她们很清楚。因此,当我在站台上看见那年夏天请过的临时女佣时,也将女佣带上了同一辆客车,她们仿佛被人送了回忆的鲜花一般。女佣不是海畔镇上的人,是趁着夏天过来打工的。尽管大小姐们似乎为了互相讨好,讲起许多夏天里的故事，可等火车一开动，女佣便偎在带着汗臭的包袱上呼呼大睡起来，仿佛要把一个夏天的觉都睡完。

（1931年9月）

热海与遭贼

东京西郊武藏野原的寒风甚是刺骨。加之，怕冷胜过常人数倍的我，近两三年都不曾在东京过冬了。年末时分，索性把家搬到了热海。

池谷信三郎曾说过，"走进热海的街道看看吧，这脚下的大地是如此地温暖"。坪内逍遥博士的《热海街道之歌》也唱出了"这不知隆冬，四季长春的热海"——的确如此。

近松秋江的小说《涟》一开篇是这样说的："啊，可以这样举家到热海来过新年，以我们这样的身份，必须有种难得的幸福而感到满足。"连近松都是这般想法，可见对于像我这种人或许是有些过于"难得的幸福"了吧。然而刚一开年，便经历了一场风波：家中遭了贼。

搬到热海是我自十月初便一直惦记的事。秋风一冷，我的皮肤又开始怀念起温泉来。这事拖来拖去，到了十二月初终于跑来找房子了。

我向樋口旅馆的烧水工打听是否有空闲的别墅出租，对方说："嗯，嗯，应当有吧。"

可是，跑到池谷家的老人介绍的椿油屋一看，一间不剩，都有人住了。对方说，多半是上一年或是夏天的时候便预订好了。至少要在十一月过来，不然应当找不到好房子。他还帮我打听了两三家，却都有了租户。之后，人家再三对我说："要是早点来，就好啦……"真是沮丧之至。完全没想到会是这样，冬季的热海竟然跟夏季的镰仓、逗子不相上下。想来，就像七月中旬要在镰仓找间好房子一样没可能了。就连离谱的房租，也跟夏季的湘南没什么分别了。

夜晚独自一人，走在这样寻不见一块出租房屋的牌子、让人不知所措的街上，委实无奈。可是，又实在无法老老实实待在客栈里。于是，信步转了一圈，居然发现一家代理行，连忙进去询问，果然人家是做这一行的，立刻答曰：

"有很多，明天带您去看看吧！"这下心里终于敞亮起来，一块石头落了地。

回到客栈，屋里还有蚊子。夏天的甲壳虫飞进来了，手里也用不着捧着手炉取暖了，脚踩在地板上还会出汗。终于开心起来，到底是热海啊。

第二天一早，我在代理人的带领下去看的第一栋房子，月租要二百五十元，带个有大片草坪的院子，屋子应当也有十二三间。对方还站在小小的温泉客栈跟前问：

"您要不要买下来呀？这可便宜到家啦！"说是只要四万几千元——显然把我当成大富豪了吧。

接着，又到近松秋江那栋常春庄所在的仲田一带找了找。倒是零星有些价格适中的房子，可惜一间不剩都被人订下了。从野中又去了小泽，我们沿着海岸的路往清水町方向在街上走遍了各个角落，其间连代理人都露出一脸心虚的模样来。终于，找到一家，是小泽某位子爵的别墅。告别代理人之后，我独自找到一栋房子，月租三百元。房东称，房子用的全是木曾木材，很是引以为傲，还称可以看看。于是，带我去看了。

听见房东声称"可不是嘛。这里不雇上三个女佣打扫，可是忙不过来呀！我们都用了两个呢……"时，我也只好点头称是了。

最终，若想在热海过冬，只能租下小泽的别墅了。在东京我们四人同住，生活费全部加起来跟这里的房租相差无几。并且，还说要一次性付清十二月至四月共五个月的租金。哪可能有这么多钱？可是，又实在不想放弃两三个月前涌起的来热海过冬这份念头，不想再返回高圆寺那栋天花板翘起、门槛脱落的房子里冷到瑟瑟发抖。记得看过林长二郎的古装电影里，一名捕吏还是什么人被斩首时突然撞破拉门的格子应声倒地，同行的少女竟大声道："真像我家的拉门呀！"那房子的门窗便是破烂不堪，全无修缮的迹象。

总算商量好把一次性付清改成了月付，于是返回东京。

"蚊子嘛，高圆寺也有啊！"家里人没给什么好脸色，同住的女人知晓家中的内情，也替我担心起月付的事来。我仍然不管不顾地要搬来。好不容易跟家中的女人们告了别，四个人竟分别去往三处。还是来到了自己心心念念的地方。

由于人比行李先行离开东京，于是到万平旅馆里过夜。入夜之后，写有"万平旅馆"的广告灯看上去就在停车场上面的山坡上。可是，汽车要爬上这条蜿蜒曲折的新路，还真费了一番功夫。

就算住客要出去散步，也会感觉从那条路爬上爬下实在麻烦。话说回来，也未尝不算有几分古城堡孤立在山丘之上的情调。听说，这里是轻井泽的分店，五号刚刚举行开业典礼，还没过一个星期。故而，屋里的木材似乎还有一股油漆味，客房数似乎很少。我一面关上暖气，推窗望着月亮出来的海上的渔火，一面写着报纸连载的小说。这时，伴随着浴室里一阵震耳的水声，太太下半身湿淋淋地冲出来：

"怎么办呀？怎么办呀？"语声里还带着哭腔，一副不知所措的模样——她居然穿着衣服掉进浴缸里了！一副活像投河女子被人打捞上来的模样。旋即，又跟旅馆借来电熨斗，一面嚷着"都皱啦！都皱啦！"一面熨干和服跟长贴身内衣，直至天明。不料，她又引发头痛，那副模样引人发笑，实在荒唐。

　　似入晴空白云里，竟是温泉热气腾。　　毛利元德
　　月影之下忽落雨，雾气氤氲似温泉。　　斋藤和堂

这幅温泉热气升腾的景象着实不可思议。我的住处附近俨然一座工厂小镇，从那许许多多的烟囱里冒出的白烟，便是温泉的蒸汽。回到住所从二楼望向那片蒸腾的热气，整个心情都会焕

然一新。夜里散步时，虽是月夜，却有冰冷的水滴从空中吧嗒落下，应当也是蒸汽。

我住处的浴室里引出的温泉有二百几十度①。蒸汽从院子里冒出来，上面煮着牛奶之类的。听说，隔壁的温泉客栈里除了米饭，炖煮东西都是用蒸汽。外出归来一打开家门，便暖到仿佛钻进了温室。按理也的确如此，门口泥地上的木屐都是温的。不过也可能是日照的原因，但地板底下的土很暖也是事实。关上拉门睡觉时，就像睡在通了暖气的屋里一样，第二天一早从鼻腔到咽喉都是干干的，很不舒服。

据说热海这里也要数我所在的小泽相对较暖了，但在白天一开北窗，连续多日都像书桌摆在凉风中一般。在我抵达的第二日，沿海岸往汤河原方向散步时，一进树荫，我便忍不住说了句："呀，真凉快！"正如贝尔茨博士②所言，到伊豆山的海岸的确是最佳散步地点。过了伊豆山，我依然心情自在地走着。看见路标上写着"到热海还有三里几町，到汤河原还有一里几町"时，才惊觉已走了如此之久。那条经著名的锦浦通往伊东温泉的多贺新路也不错。锦浦这里竖着基督教堂的"请稍等"。我来之后，还有过一两起殉情、自杀事件呢。

---

①华氏度。
②1887年到日本的德国医生，在日本研究了温泉疗法。

十二月十日，我到梅园里逛了一番，南面枝头上已有点点白花绽放。区法院热海办事处的院子里，高及我们胸口的仙人掌正开着花，一派南国风光。若是坐在汽船码头上，眼望小汽船自伊东来了又走，或是闲散地喝着著名的青柠汁，想必悠闲自在。只可惜，此地的风土人情，于我而言算不上太宜居。

楼阁参差山缥缈——这一句来自大沼枕山描写热海的诗。没有向导，我信步走过那些所谓的"楼阁参差的街道"：坡道与曲折迂回的道路两旁有着两三层楼的大旅馆。竟有种误入迷宫般的感觉，仿佛侦探小说般的感觉。而三四天后，这股街道的魅力也不见了。白天，我往返于围棋会所。在冬季，日本棋院的赤木二段会被派过来。初段的客人也多，故而更是如此。找房子时，那个客栈里的烧水工说过，"热海虽说物价普遍很高，但人单纯，所以说，还是很适合居住的"。物价的确如此，有些东西甚至高到离谱。至于人单不单纯，不得而知。我不认为这是个多么招人爱的城市，大约还是因其受贵族、富豪毒害的历史太久了吧。所谓"半乡半城"便来自逍遥博士的城市之歌，也是当地引以为傲的，但似乎整座城中女人的风俗总是透着几分花柳街的气息。可以说，家家户户都有主动的女子。或许因我是个男人吧，对此倒不在意。但那些年轻男子身上，从走路方式到衣着打扮，总有一股有气无力的无赖感，换句话说，气质极似小混混——这一点时不时颇有些惹眼。并且，连家中都进了贼。等暖和些，我还是想把家搬到辨天岛一带去。

元月三号时，我这里来了三位年轻的客人。七号夜里，三人中只有《青空》①的梶井君留了下来。因我说起来热海之后一直早睡，当晚梶井破天荒不到十二点便上二楼去了。一点刚过，我听见有人去厕所的开门声，当时我还在被窝里没睡着。虽不曾听见有人从二楼楼梯走下来，但我还是想当然地以为那应当是梶井。接着，卧室拉门被静静地推开了。我以为，这是梶井特意避免吵醒我们之举。我估摸他是过来拿药、香烟或是什么东西的。于是，当他走进我俩的卧室时，我并无什么不适之感，只是腼腆地将头缩进被子里，一面合着眼一面装作睡着了。可是，四张拉门竟然一点一点全都被推开了。我心想，真奇怪，梶井这是怎么了？这时，突然传来一阵摸索长火盆抽屉的动静，响起一串金属声。

"是贼吧？"我这才意识到。金属声显然是从挂在墙上那件长披风的内口袋里发出的。我到围棋会所时没有把钱包掏出来，依然留在口袋里了。即便说我已知对方是个贼，可该如何是好，却也想不出好点子来。一个不留神爬起来坐着，那也不行。若是把他吓到，索性一不做，二不休胡来一番，岂不糟糕？还是一动不动吧。我暗想，若是长披风给他偷了，明天可就糟了。若是太太的和服给他偷了，只怕连门都出不了了——我也为自己有这样的念头感觉可笑起来。一股究竟会怎样发展的好奇心的驱使下，感觉只要不被他吵醒，应当不会发生太可怕的事。只不过，有些

---

①杂志名，由梶井基次郎与友人创办。

吓人的是，猜不出这位梁上君子会是怎样一个人。

过了片刻，他似乎绕过我俩被窝的被角，在我肩头发出了动静。我猛地睁开眼，却见那贼正站在枕边，低头盯着我。当时，约有一分钟我们双方茫然地视线相对，着实奇妙。

"不行吗？"那贼忽然冒出一句诡异的话来，我甚至还没来得及跟一句"嗯？"贼便一转身，咚咚咚逃了出去。一见对方逃走，我立刻跳起来追了上去，却见他竟像从后门口跌出去似的冲了出去。动静大到吵醒了太太，惊动了二楼的梶井。

被窃走的，不过是一只装了大约七日元的钱包。其余的钱不知为何放在围裙口袋里了，因而有些难以察觉。那贼似乎还把我枕边神龛里的茶桌抽屉打开来瞄了一番。

贼是个年方十八九的小伙计，面目实在模糊。剃着寸头，脑袋连毛巾都没包，俨然一副米店伙计上门推销的模样。见我醒了，他竟脱口一句"不行吗？"。这也着实算是窃贼一句意味深长的名言了吧，我和梶井两人大笑了一回。不过，幸好贼逃了。虽说我是顺势立刻追上去的，可万一后门打不开，对方又丧心病狂地冲过来，岂不离谱？

第二天一早，背后旅馆里的人们发现了贼的遗留物：引温泉的铁管上一件无领短褂[①]和后厨屋顶天窗旁一双麻底草鞋。

（1928年2月）

[①]一种多为商人、庶民常穿的短褂。

发丝跟耳朵

近代生活的礼物

近代生活社的梶原君似乎喜欢送人奇奇怪怪的礼物。他送了我女人的发丝跟耳朵。我虽不知如何是好，却把发丝贴近了面颊。碰到耳朵时，感觉有些冰凉。那份冰凉使我一面诧异，一面又感觉，这发丝若是活着的女人的发丝，这耳朵若是自己的耳朵，该有多好！

女人的发丝不经意间掠过耳朵时，情感便化成一股气息沁入体内。

冰冷

那么，再来看看送给我的耳朵。这是一种食物的外形。当牙齿咬到点心或菌类，也会为这份冰凉感到吃惊。

发丝跟耳朵都是冰凉的。可是，发丝跟耳朵那份冰凉应当才是它们的魅力。嘴唇、面颊、手腕，我们以任何一个触摸女人的发丝，那份冰凉都会使人感觉诧异。可是，从那份冰凉，也能分别感受到春夏秋冬各个季节的情感。

女人的耳朵温热时,要么是我们爱她很难,要么是爱到连她的耳朵都忘了那一刻。

私房话

这是一缕柏仁般的黑发。柏仁其实是"夜、黑、梦、妹①"这句私房话,"夜黑梦妹"四个字,象征着发丝本身的种种特质。

午夜梦回时,那团伸手不见五指的黑暗。可有时,只能隐隐感觉一缕异于往常的发丝香气。有时,也会产生一缕悔恨之思。

只怕也有男人是借着发丝的香气,才感觉女人真正属于自己了吧。所谓发丝的香气,总是展示着女人永远的哀伤。同时,女人的发丝还带着复杂的表情。可是,体现欢喜的却颇少见,大多活在体现悲哀之下。

某位女子临睡前必定将发髻解开,有如情感的船一般摊在枕上而眠。若非是在夜里,女人的发丝不会令其柔软的四肢活动。

红与影

大约因我是乡下长大的,一提到耳朵,我会立刻想起乡下少女带着冻疮的耳朵上那抹红。那是一种阳光下鲜红的、透明的

---

① 柏仁的日文与这四字谐音。

耳朵。

即使没有冻疮，若有夕阳照射，那耳朵也是一抹迷人的、透明的红。

轮廓优美的耳朵上藏着细碎的光影，那抹红与影为耳朵添了几分超乎食物的美。

粗壮的脖颈与小巧的耳朵，纤细的脖颈与大大的耳朵——当中也有光影的嬉戏。

（1929年11月）

燕

听见过老鼠弹琴吗？——事实上，昨天夜里让我大惊失色，还从被窝里跳了起来。

在这处偏僻到不值一提的山间温泉里，这约有二十来间客房的二楼上，昨晚仍仅有我一个住客。这种情形并不少见，但夜深之后又下起了大雨。我只觉屋顶上有大批人群在跳舞，足声杂沓。这无疑是因我一个人孤零零的，被鬼怪缠了身。被同一生物物种——人类缠了身。他要么不停地睨视，要么猛虎般露出獠牙张开血盆大口要咬人，要么因这山里有野猪出没而好似野猪一样爬山。像这些，过后苦笑两下也便过去了。可当我猛地抬眼或是往一旁看时，目光所及之处竟瞥见人影，感觉视线被人影牵动着，颇有些毛骨悚然。这并非幻听，而是幻视。不管是空中的云彩，还是山涧的石子，抑或拉门、木莲花、手巾、花瓶、马匹，所有的一切都仿佛影影绰绰的人脸或人影。故而，大雨敲打屋顶的声音听起来也好似人的足声。这一点我也清楚。可不知为何，却很想打开板窗。就在这时，隔壁房间里钢琴砰地响了一声。并无特别，只是一只爬格窗的老鼠跌在了钢琴上。

之后，雨声随即安静了。

"咕咕咕咕咕，呱呱呱呱呱，咯咯咯咯咯——"

是金袄子。听见金袄子的鸣唱，月夜的风景仿佛这流淌着绝美溪流的山谷雨后的气息，瞬间充斥了我的心。当然，金袄子在雨天也会鸣唱，暗夜也会鸣唱。昨晚不知月亮出来了没有？不过，今天一早倒是个清新无比的晴天，还是星期日。于是，我按照星期日的惯例登门拜访那位小学的年轻教师。

"真是绿啊！已经一片绿了！"

冷不防，他这样形容着原野，继续道：

"我感觉，这一带染上新绿之后格外地寂寞。也许是因为，住在这里的人们生活的色彩就像那些陈旧的稻草屋顶一样？并且，这地方带着些南国的特色，初夏的自然有些太过生动，唯独富士山不一样。唯独那座山，样子特别。可是，这一带是从仲春一下子迈进初夏的，不是吗？你不这样觉得吗？这里没有晚春或者暮春之说，不是吗？

"再有，使这里显得寂寞的，是因这地方没有艺术。说是艺术，有些不够圆滑，可木曾有木曾舞，追分有什么小调或是什么舞，出云有什么什么，哪里有什么什么，许多地方都有深入当地土壤的民谣什么的，对吧？这里却连一首有乡土气息的民谣都没有，盂兰盆节到了也不会跳舞，翻山也好，拉车也好，种地也好，一首歌都不会唱，人人默不作声，难道不是吗？马匹虽说不少，却没人想过要骑马，只是骑骑单车罢了。我调到这所学校来，真是大呼意外。我还想起一件事来。

"两三年前，我在大阪郊外的小镇——眼下已经属于大阪市了，我在那个小镇的学校里工作。那里有家日本屈指可数的大型纺织工厂，那家工厂的盂兰盆舞相当有名。因为只有工厂里的女工跳，不给一般人看，可我也要到那家工厂里的女工学校去教读音。谁知，一旦要开始了，女工们便分成七八组。哎呀，我心想，怎么会那样分呢？原来，各个组跳的舞都不一样。比方说，丹波地区和越后地区，各个地方盂兰盆节集体舞蹈的歌和舞蹈动作、脚上的节拍都不一样，对吧？于是，她们纷纷跳起自己家乡的舞来，宛若五颜六色绽放的家乡的花。没有比看那些舞更能让我深切感受到乡愁的滋味了。此外，那个舞蹈广场的一角还有个很大的射箭场，成员们会拉弓射箭。拉弓的人与靶子都藏在杨树林荫底下，我看不见。但瓦斯灯光映在树叶上面，只见箭矢嗖嗖地飞过杨树与杨树之间。看着女工们跳舞的同时光影般飞过的箭，我当真落下了眼泪。

"来这里之后，我就想起了那场盂兰盆舞。之所以这样说，我想应当是因为这里的少女即便到那家工厂里去，也不会参加任何一支舞蹈，而只能呆呆地看着别人绽放家乡的花了。可惜，这个想法是错的。首先，这一带的少女是不会跑去当什么纺织女工的，大家都有家庭，离城市遥远，个个诚实善良。不过，为什么大家个子这么矮呢？这且不论，有一点是生活轻松，人们不大需要刺激吧？这一点却让外来人感觉村子里实在寂寞。可以说，这个村里没有爱情，就像鱼儿一样风气端正。这是个没有爱情的村子——所以说，也许没有我刚才所说的艺术。唯独富士山，能算这里的艺术吧？

"会这样说，是因为，前些天在学校我让自己班上的学生——就是寻常①五年级的女生，让三十四个女生画自由画，结果相当地意外：以富士山为远景的画有二十一张——"

"哦——？"

"我也相当意外。从这里看去，远处天际富士山那副身影堪称一种天体，而非山体，在空中散发着柔和的光线。"

这位年轻的教师瞟了一眼我意外的表情之后，继续讲道：

"孩子们应当是从富士山的身影里感受到自身的美和向往的样子吧？然后呢，画里画了燕子飞的有十二张。"

"燕子？"

"对，燕子。这也是意外。我完全没留意到有燕子飞来，这才四月末嘛。可是，孩子们看到了。这样想来，还是这里的孩子们更能感受季节的艺术吧？像我这样的人，还是太迟钝啦！"

这位既作诗又写小说的年轻教师说着，笑了。

"是呀。画了燕子的有那么多？"

"是啊，画了燕子的有十二张呢。"

"燕子。说到这个燕子呢，我也有个美好的故事，讲的就是这里的温泉燕子。"

说着，我讲了起来：

"我有一个朋友的女朋友，当了电影明星。他们从读书时起，就是恋人了，只不过，关系并没有深入。随着女的越来越有

---

①即寻常小学，日本明治时期建立的初等普通教育机构。

名气，她开始试图疏远男的。不过呢，她演的电影在浅草的电影院首映时，两人一道去看来着。当时，电影里有个画面是女的一副纯粹山间少女的模样独自脚步沉重地走下山坡。两人看到这里时，忽然有一只燕子飞过，仿佛银幕一角有流星划过。"啊，燕子！"女的忍不住叫了起来，跟男的对视了一眼。拍这个画面时，导演和摄影师大约都没留意到有燕子从摄影机前飞过，演员自己也浑然不知。活动结束之后，女的还多次跟男的提起这件事来。据说，她再三提到"燕子，燕子"。看来，那只无意间飞过银幕的燕子已深深留在她内心深处。有燕子飞！那只燕子！她一面说着，一面彻底脆弱下来，扑进男的怀里安静地哭泣。拍那面山坡时，就是在这个温泉浴场里，我是听那个朋友讲的。

"我很喜欢这个燕子的故事。是不是跟刚才你讲的在舞场看见那些箭飞过的心情很相似呢？所以，你应当可以理解，对吧？"

"是啊——这个村子三十四名少女，有十二个都画了燕子呢！"

"燕子。"

"燕子。"

于是，我们再一次喃喃地念着，四下仰望起吹拂着新绿之风的晴空。

（1925年6月）

狗和鸟

眼下仅有一只三道眉草鹀了。

我家里有宅神,当地人称稻荷神。这条山谷家家户户都有稻荷神,每年轮流祭拜。今年轮到我家的稻荷神,初午日[①]竖起了江户时代传下来的棉布旗。这面旗一年要拿出一次,是上好棉布的。去年夏天我去信州期间,林房雄把我家当工作室住了一段时间,听说还遇到不少好事,都是拜宅神所赐。太太逢初一、十五要供红豆饭。据说稻荷神是狐狸,所以养狗不好。倒并非这个缘故,只是眼下没有养狗。我一年有过半时间都离家在外,因而很难养狗。西方人中,有人会带狗远行的。我在旅途中常常会想,要是在山间行走时,能像猎人带着猎犬一样带一条牧羊犬或是万能梗犬就好了。可是,狗要在客栈里过夜实在麻烦,每天让它搭货车也太可怜,不习惯坐火车的狗还会在车上太兴奋。

搬来眼下的房子后,我曾经收养过一条幼柴犬,却因犬瘟住了院,死掉了。我在东京养过不少幼犬,一次都不曾因犬瘟而发愁,从未想过犬瘟竟是如此可怕。据说,收养之前病已入了肠

[①] 即二月第一个午日,稻荷神社的庙会。

胃，但日本犬的幼犬直到病重之前都会欢实地玩耍，这似乎也是特色。

我很想养条柴犬。去年秋天游木曾川时，我曾在多治见到土田的路上，透过车窗看见农户家里一条岐阜犬，还看见了两三次。不知是否因偶然瞥见，反而感觉更美。一行人都不曾留意。我似乎极易发现狗。两三年前，到甲府市外的温泉村投宿时，一走近客栈门口，我便说，这里有条不错的甲斐犬。后来到账房时，还有外地人硬指着一条不熟悉的狗给我看，可惜实在不佳。然而，在意想不到的时候看见纯种狗时，心中会猛地闪过一丝美感。曾经我在甲府市内也发现一条甲斐犬。当时，我走在路上，等它像日本犬一样立刻凑过来亲近时，我才发现是餐馆里的狗。

游木曾川时，我是取道轻井泽到木曾去的。正打算参观一番寝觉床①，走到上松站时，竟听见煤山雀的叫声。来木曾可以买到上好的煤山雀，正是这场旅行的期待。于是，我想这叫声是从远处传来的。正如野鸟一样，家养的鸟叫从相当远处也能听见。似乎大多数鸟叫都是从稍微有些距离处听来更有情趣。由于上松的煤山雀不住地鸣叫，我循着叫声找去，发现酒馆里的柱子上挂着鸟笼。主人声称不卖，遂打听其他人家里是否有煤山雀。请小伙计带路过去，可人家连看都不肯给我看一眼，只得作罢。正朝寝觉床的方向走去，小伙计回了一趟店里，又骑着单车追来，称可以卖了，说是要二十日元。回程我顺道到店里，提出能否便宜一

---

①木曾川的名胜地，由花岗岩构成的峭壁。

点,对方全然不理。于是没买成,空手回来了。我要走马笼岭,还要去名古屋,两三天的行程提着小鸟着实不便。而酒馆老板的口气则是,因为现在是秋天,并非鸟雀爱叫的初夏时节,故而无论如何体会不出这鸟儿的真实价值。这鸟儿倒是爱叫,但跟我家里先前那只煤山雀相比,叫声实在太大,感觉似乎少了那份山间幽静的余韵。

先前那只煤山雀,是前年秋天鞋铺老板送给我的。当时,我捉住一只从轻井泽寓所的浴室飞进来的鸟儿,是只巧妇鸟。听说,巧妇鸟要养的话,可以活很久。可我知道,这是一种很难养的鸟儿。于是,我去找喜爱野鸟的鞋铺老板,打听怎样养才好。正想给鞋铺老板看一眼呢,谁知太太一掀篮子盖,鸟儿便飞了。也不是从小养大的鸟儿,倒不觉得多么可惜,我却有些不开心了。在藤堂旅馆里休息时,听见人声喊着岔路口着火了。我不由得说了句,会不会是油坊啊?冲到路上一看,果然是油坊。油坊里还有堀辰雄和立原道造呢。我连忙开车赶了过去。堀辰雄打前一晚起便住在我家,刚好在回去的路上着了火,一本书都没能抢出来,东西也全烧光了。这场火灾使我忘掉了鸟儿飞走的事。有时我会说起,正是因为把巧妇鸟放走,油坊才着火的。鞋铺老板则觉得是在自己家里飞走的,很是抱歉,便送了我一只煤山雀。我养了足足三年,是我极为珍爱的鸟儿。

小些的鸟儿里,我养过戴菊和长尾山雀。戴菊的动作威风潇洒。我还是想养个头稍小,叫声动听的巧妇鸟和蓝歌鸲。写下这样的文字来,忽然间想养狗和鸟了,真想立刻去买一只回来。镰仓的家里也好，轻井泽的寓所也罢，没有哪一日没有鸟儿飞进院子来的，也没有哪一刻不闻野鸟叫声的。清晨，雾气氤氲的院子里有鸟儿飞来，真好。头一回握住煤山雀，还是在前年秋天野鸟会参观霞纲的旅行时。当时，从浅间温泉进山时，清栖把撞了网的煤山雀递给我太太，拿到手上小小的。由于我们还要走很远的路，便把它放飞了。那场旅行是在松本解散的。我在市政府门前的鸟摊上买过三道眉草鹀、红腹灰雀和金翅雀等回来，当然不是多好的鸟儿。从户隐归来时，我也在善光寺附近的鸟铺买过煤山雀，却不爱叫。

大琉璃、黄鹂鸰、交嘴雀、绣眼鸟、伯劳、猫头鹰、知更鸟等，我也养过。其中，教我最留恋的，是一只红背伯劳。它是我从小养到大的，很是听话。它会飞出笼子跟人玩耍，还会撒娇地叫，甚至不大像伯劳鸟，它会模仿各种鸟叫。不过，清晨喧闹的鸟叫可以叫醒人，真好。知更鸟实在太吵，工作期间得把它放得远远的。有只知更鸟从笼子里飞走大约三个月后，居然又飞回来了。也不知是在镰仓的山里迷了路，还是飞不了太远，总之，很是不可思议。我最爱的，还是三道眉草鹀。最早那只三道眉草鹀养了六七年，比狗活得还长呢。

至于狗，我养的品种多是牧羊犬和刚毛猎狐梗犬。我喜欢养雌犬，因为很爱它们产下幼崽。我常常想起那只死于难产的牧羊犬。它的体格属于一般的舒展型，却似闺中少女般怕羞撒娇，不爱出门，极度恐惧车来车往的马路，要遛它可要费上一番气力。之前把它放在院子里，结果生了一身螨虫。为了帮它驱虫，我有两三天都不眠不休。做起这种事来，我倒是颇有耐心，腰都痛得动不了了，依然耐心地帮它驱虫。只要稍微一合眼，眼前到处都是螨虫的影子。后来，便把它带进家中来养了。在我开夜车工作期间，它片刻不离我的左右，我去厕所它也跟着。由于一直无法产崽，兽医做了种种努力之后，给它做了剖腹产。那场手术做得实在是惨不忍睹。我按住它的脑袋，给它吸了麻药。据说，当晚兽医太太喂水给它喝时，它站起来走了两步，旋即情况恶化死掉了。给它喂水，也实在太鲁莽了。我心想，那狗应当是打算半夜跑回我家来，所以才跌倒在地上的吧。要是当时把它的四肢和躯干绑上，让它一直躺在那里就好了。

（1939年6月）

养鸟的趣味

小鸟养在小一些的笼子里,反而可以活得更长。比方说我养的三道眉草鹀和知更鸟,来到我家已有五六年,依然快活健康如初。它们不会像狗那样生病;反过来,却会出现有些无常的死法,诸如昨天还健健康康,今晨却尸体横陈之类的。

不论毛色还是叫声,素净些的鸟儿都比花哨些的更适合长时间喂养。从这一意义上讲,日本鸟要比西洋鸟更富有趣味。据说,绝大多数鸟儿可以凭着与主人之间的亲昵关系来养熟。

友人寄养到我家中一只猫头鹰。听说,家中有客来访时,它会发出叫声。看见有人吃饭时,它会飞出笼子讨要食物。很爱饮茶杯里的番茶,主人外出回家时,还会快活地欢迎呢。

(1935年8月)

养狗的流行

收到约稿,要我写篇《养狗的流行》,养狗果真已到如此流行的地步了?

譬如说,每每牵着家里的牧羊犬和刚毛猎狐梗犬出门散步,总有不少人议论"这只狗长得真像狼!长得真像山羊!"之类的,却少有人知是什么犬种。

前段时间牧羊犬丢失时,我到警视厅去报失。接待的人全然不听我的解释,便兀自下结论称其是德国黑背。

"这种狗,近来好像不少人养嘛!长得真高。前些天在下谷还丢了一条一千几百日元的狗,跟那条是同一种嘛!"对方一副头头是道的架势。他所说的那条狗,是流田流策先生家的查姆,是一只德国黑背。

偷狗事件时有发生,一旦放出去,便得做好随时给人偷走的准备。这似乎证明了养狗的流行。然而,若是真爱养狗的人,绝不可能去偷他人的狗。在我去报失时,警察似乎也认为不过是条狗而已,因而态度极其冷淡。可想想价格,也不至于如此地漫不经心吧。

若说是养狗流行,今年春天动物园五十周年纪念活动上狗展的情形也委实凄凉。仅有斗狗日和德国黑背俱乐部大会时,才展出了大部分犬种。

既不见女人遛狗，也不见热爱流行的现代派作家写狗。看看满大街都是杂种犬，也可以知道家养的狗与野狗并无界限了。

首先，世人个个以为狗崽是跟人要来的东西。我家刚毛猎狐梗犬产崽时，有二十多个友人跑来索要。而提出花钱买的，只有猫狗铺和介绍猫狗铺的人。人家花了大量金钱养狗，掏了配种费，废寝忘食、辛辛苦苦把狗养大，若是再好些还能卖上一百元左右，这时候却跑来理所当然地向人家索要——又算什么？难不成还认为只是一条狗而已？

若是连养狗的人都不认为狗是要买的，并且价值不菲，所谓"养狗的流行"便无从谈起。

一旦流行起波音达猎犬和赛特猎犬，就连那些不打猎的人也开始一窝蜂地养了起来。如今似乎只有德国黑背，才被承认是狗。大家既没有训练的工夫，也不懂得黑背的特点，只是一窝蜂地养起来，最终只会落得降低黑背品质的下场。虽说流行本就盲目，但在养狗之前，若不具备一些挑选犬种的知识，对狗也不会有好处的。

这是一篇题为"关于养狗的流行"，而内容堪称敷衍的文章。若说眼下养狗日渐流行，应当确为事实。至于今日东京不断流行抑或说日后即将流行的犬种，应当包括德国黑背、刚毛猎狐梗犬、万能梗犬、灵缇犬、丹麦大猎犬、杜宾犬等等。不消说，波音达猎犬、赛特猎犬、日本梗犬等以往流行的犬种数量还是极多的。

（1931年5月）

色鸟

或许是少年时代冬季曾在故乡的山里捉过小鸟的缘故，至今我依然有种感觉，小鸟是冬季里才有的。再者，近来要想养鸟，若非从幼鸟一点点养大，便缺乏乐趣。而因这些幼鸟来到街边的鸟铺多是晚春初夏之际，才让我渐渐意识到，小鸟是这个季节的了。

虽说想要养熟小鸟应当有种种秘诀，但若从幼鸟开始喂养，想来并非难事。不只是小鸟，所有的幼雏都不懂得害怕。比方说我家猫头鹰的幼雏，便会跟狗一同玩耍，还会衔住刚毛猎狐梗犬的胡子扯来扯去。尽管如此，让人不可思议的却是，所有的鸟儿单单害怕见到柴犬。或许我的看法太过一针见血，应当是由于柴犬是深山猎手用到的犬种吧。今年夏天，有七八只很像鸭子的水禽幼鸟溜进我家院里，被太太捉住了其中四只。后来，邻人也捉了一些。逃掉的一只听说跑到后院邻家的池塘里游泳，傍晚时分大鸟过来把它带走了。第二天一早，我又在院子里捡到一只麻雀的幼鸟。把它放进蚊帐里玩耍时，它居然相当随意地停在我的头上、手上。听说，菊池宽养的小猴子对他寸步不离，时刻紧跟，就连洗澡的时候也要搂住胳膊不放，据说菊池连澡都没法好好洗上一回。我家的小麻雀看似可以养熟，然而喂它它却不肯好好进食，无奈之下只得把它放进笼子，搁在屋檐底或是檐廊上。它会跟大鸟不停地对叫，大鸟也会每日衔食过来，从笼子外边嘴对嘴喂给它。

  闲话少叙——看看俳句的季题，小鸟似乎应当属于秋季。像鹡鸰、山雀、褐头山雀、白脸山雀、煤山雀、三道眉草鹀、赤胸鹀、戴菊、金翅雀、锈眼鸟、琉璃鸟、连雀、啄木鸟和鹟鸟等，大部分常见的饲养鸟类似乎都应写进秋天的俳句里。只怕秋天也是小鸟飞来最多的季节。这样写来，不禁想起故乡山村的秋景里，似乎有着成群结队的鸟儿。今年初夏，我还弄到一只伯劳的幼鸟。盛夏的清晨里，睡眠被一阵喧闹的鸟鸣打破时，瞬间感受到一缕秋意。一个季节里，必然能感受到下一个季节。冬天里藏着春天，春天里藏着夏天。故而，自入伏前后大浪掀起之时起，海边又可以体会一股秋意了。伯劳鸟报秋并不值得诧异，只不过这一点还藏着一份回忆。有位老婆婆曾经告诉我的祖父称，将伯劳草茎上的青蛙、螳螂烧成灰给孩子吃，可以强身健体。每每听见伯劳的鸣叫，都使我害怕。一旦得知此事，不由得生出一丝幻灭。想来故乡稻熟的金秋里，并没有罕见的鸟儿飞来，清一色都是些麻雀。

（1933年10月）

动物园

博览会、戏剧、活动、展览会、博物馆——所有观赏的事物中，最不令人疲惫的便是动物园了。就连面对山川的景致，大脑中沉积的垃圾想必也比漫步动物园要多。

我喜欢上野图书馆那高高的天花板。在图书馆人满为患必须等待期间，我有个习惯，总要到动物园去消磨时间。虽说在园内与熟人不期而遇时，双方必会苦笑一下，面面相觑。但这种难为情也是一种快活的难为情，是一缕城市中散发的山野气息。

然而，动物园里唯一一点在我内心布下些许阴霾的，却是不管鸟也好，兽也罢，所有的动物都在某一点上跟人相似。外形，抑或表情，抑或动作——总而言之，越是细看，越发觉，没有哪种动物身上不存在人的特质的。我茫然地看着它们，却总是撞上这样一种感觉，继而愕然。而让人陷入一种缥缈的生物的悲哀，恐怕并不是动物园的目的。

必须禁止太长时间观赏一种动物。

可是，再譬如说，有种名叫大牡丹的鹦鹉的毛色，尤其是脖颈至胸前的毛色，那片樱花色中夹杂着淡淡的蛋白色，有种无法言喻的美，总令我想起女人的肌肤。这世间是否有肌肤颜色如此动人的女子呢？

令我不论站多久都不觉厌倦的，便是这种大牡丹了。动物园把这种颜色摆在进门第一位，委实是种可憎的手法。

白熊园里，近来建起了寒带的冰山模型。冰山跟前的水池里，那仅宽约五米的水面上，白熊从对岸游来。它两腿猛蹬到这一侧的池边，肚皮翻仰过来，又借着这股力量嗖地朝对岸游去，并且，还得意扬扬地将前爪缩拢在肚皮上，有如双手合十，一面浮在水面上，一面轻松地顺水漂着。接着，再次游到这一侧岸边，又轻松地翻过肚皮，向对岸游去。同样的动作重复数百遍之多。

我捺着性子看它重复同样的动作约有两个钟头，最终还是被白熊那股透着钝感的超人力量压得透不过气来，于是落荒而逃。

多数情况下，动物会展现出人性的一面，抑或说人性的邪恶。譬如说，像天真的代名词会用"象眼"，而阴险则用"狡猾"，着实令人不快到不忍目视……

（1928年9月）

灯笼

岁末患上的感冒，新年期间竟然复发了。坐到桌前，身体依然发冷，迟迟无法下笔。试着翻翻看有没有旧稿，居然找出一段题为《灯笼》的文章来。

我是在灯笼的光线下长大的。

那时节已是明治三四十年代，即便在乡下，也没有哪一户用不起煤油灯的。然而，祖父却惧怕煤油。在视物模糊的祖父眼中，煤油灯也罢，灯笼也罢，亮度并无分别，看上去全是一样昏暗。我那个年代的人，应当极少有倒一点菜油，挑两下灯芯，就着纸皮陈旧的灯笼那道昏暗的光线来读书的吧。

我那颗幼小心灵的萌芽，便来自灯笼那片寂寥的火影。从八岁（虚岁）起到十六岁，我一直与这个半盲的祖父相依为命。

祖父对中药颇有些研究，似乎还仿照父亲的西药用法，将二者结合，琢磨出一种独有的用药方法，不时为村里人施药。出于济世之念，祖父一直到死都在坚持。

有一年，村中痢疾蔓延开来，传染病院里甚至临时增建了病房。而祖父认为传染病院的治疗方式有误,因而在有人前来求药时按自己的方法施了药。祖父的药甚至还被偷偷带进了传染病院。结果,他的药相当有效。这一点,我觉得相当不可思议。不过,我也感觉,在传染病院里偷偷用药,有些近似犯罪了吧。

我在幼年时期有种近乎第六感的直觉。当时,我有个习惯,会做些小小的预言,要么猜中遗失物品所在的地点,要么猜中第二天要来的客人。或许因我是个不满七个月的早产儿,身体羸弱,长年受老人家宠爱,才会有如此敏锐的一面吧。

小学的入学典礼上,进了礼堂,我才知道世上竟有如此多的人。惊恐之余,我大哭了起来——我与祖父母常年闭门不出,便到了如此地步。

至七八岁为止,我都不会自己拿筷子,一直是被人喂大的,就像给幼鸟喂食一样。据说,我当年几乎一粒米饭都不肯吃,令祖母吃尽了苦头。

由于不爱跟人打交道,我动不动便向学校请假。可是,由于各村竞争学童的出席率,有个大家相约一道上学的习惯。故而,当学童们一窝蜂涌来时,我家里总是关上板窗,两个老人和我悄悄缩到角落里,听见顽童们异口同声的喊叫也不回应。顽童们于是出口不逊,还往板窗上丢石子,随处乱写乱画。

上初中后,每晚我都要跑到朋友家中玩耍。到了这个年纪,已能理解独自在家的祖父那份孤独,我一面内心充满愧疚,一面又因自身的寂寞而到了晚上便不愿留在家中。

朋友双亲皆在，姊妹俱全，那份家庭的温暖使人留恋，我总是到了很晚都不肯回家。可是，一旦走出朋友家门，我总是瞬间担心起祖父，心中有一股念头袭来："在我出门期间，祖父不会死掉了吧？"我飞奔回去，悄悄溜进昏暗的家中，那份对祖父的愧疚之情越发强烈起来。我立在床边羞愧地低着头，观察祖父睡着的面容。本以为正沉沉入睡的祖父，一听见动静便会醒来。

初中三年级的第三学期，我住进了学校的宿舍。那些玻璃窗子着实稀罕，到了夜晚月光会洒进来。我尤爱在月光下入睡，还特意把被窝铺到窗边。唯有我的被窝是跟室友的被窝分开的。在前来巡视的舍监眼中，似乎我被众人孤立了。寝室长还要求我跟大家睡得近一点。

当时的寝室长，还是片冈铁兵夫人的哥哥。

（1964年2月）

菊

我时常思考死亡这件事。即便不是,每天也要到谷中的墓地去遛狗。若是再住到殡仪馆背后去,总有一丝犹豫,搞不好思考死亡的时间也会更多。然而,据说从小便在寺院坟场里玩大的妻子和妻妹却全不当回事,到底还是把家搬了过来。每每嫌描述来新家的路线太麻烦时,我便索性告知友人,从谷中的殡仪馆院里大喊一声就行啦!不只是殡仪馆离我家不足十米之遥,打开我家院子的木门,便能走进殡仪馆的后院。

殡仪馆里有两条狗,应当是万能梗犬、英式赛特猎犬和本地犬的杂交品种。我们搬来的当口,它们便和我家的狗隔着木门狂吠起来,最后把木门下角都撞破了。我还拿木板把那扇木门钉上了。

可是,假若我死后要在谷中的殡仪馆举行葬礼,只需打开那扇木门,走不上百步便能到殡仪馆了。家里的女人们有时会把晾晒的衣物落到殡仪馆的院子里。在有风的夏日,抹香的气味还会飘进家里来。从我家可以用晾衣杆"咚、咚、咚"戳到殡仪馆正背后那道墙上。等习惯成自然之后,哪谈得上什么多了思考死亡的时间,我甚至忘了隔壁是干什么的地方,可以一面把吊唁者的悼词当耳旁风，一面享用着晚起的早餐。

由于我家正对着殡仪馆的后墙，故而看不见葬礼的情形和那些人的模样，只能听见宗教人员的传教声。有些时候，是基督徒的赞美诗。有些时候，是神教徒的笙箫管乐。还有些时候，是日莲教徒的团扇大鼓。我把那些歌声分别当作古老的抒情歌来聆听，却不曾想过那道墙里有多少人正在为逝者哭泣？从那些与自己毫无瓜葛之人的送葬曲里，体会不出在街头碰见灵车的那份不吉。

若是有我爱的人在谷中的殡仪馆里举行葬礼，只怕我会在家中坐立不安。我对于谷中的殡仪馆并无伤心的回忆。可是，终有一日或许也会拥有那样的回忆。这样说来，岂不意味着，我正在殡仪馆背后等着什么人死去？

（1931年10月）

往事散记

一

记忆中,儿时曾经听说我出生于大阪市天满的此花町。不过,只知那里是个靠近天神的小镇,却从来不曾去过。

然而去年,大阪的桝井寿郎先生凭着我家的旧户籍誊本,查到了我出生的具体地址,说要带我过去看看当地眼下的情形。就在我和桝井先生祭过西鹤之墓去往京都的路上,他说趁着机会刚好,提出了这一邀请,却遭到我的谢绝。尽管途经时,桝井先生指着附近说,就是那里,我却莫名地感到一丝情怯。即便是没来由的情怯,也是情怯。

自己的出生地,竟要在外人调查、向导之下去看看,这给人一种喜剧之感。当然了,人生当中这样的喜剧并不能避免。譬如说,在我意外获得了诺贝尔文学奖之后,也遭遇了多起喜剧。既有极力回避喜剧的时候,也有索性任喜剧发展的时候。

二

据桝井先生说,我的出生地如今是个公园,已没了人家,全是草坪。他还说,那里是淀川的河岸,对岸应当是昔日河上船只的货物装卸地。在我70年前出生时,从我家应当可以饶有趣味地看见河船的景象。

听到这些,我眼前渐渐浮起一簇簇船帆在淀川上来来往往的画面。上初中三年级的5月,因祖父去世,仅剩我一人,我被伯父家收养了过去。那里正是淀川河岸的农村。夏日里,我会跟堂兄弟们跑到河边玩耍。那是在大约50年前了,彼时淀川仍用作运货的水路,可以看见帆船来往穿梭。有一回,我独自跑到岸边去午睡。我把膝盖以下浸到水流里,赤条条躺在沙滩上睡着了。船家还以为有人淹死了,匆忙把船只靠拢过来。我在船家的呼喊之下惊醒,却见晴空与芦苇之间,一排排船帆美不胜收。

我素来爱躺在阳光正好的地方,睡上一觉。少年时,看书时要么爱躺在院落里的砾石上,要么爱爬到庭院的树上倚着树枝。在茨木中学住宿舍时,还喜欢跑到河堤上躺着。二十来岁在伊豆的汤岛温泉长住时,也时常跑到田埂上躺着。想来,在阳光的温暖之下迷迷糊糊进入梦乡,是我自小极其幸福的时光。

听横光利一先生说,在我大学刚刚毕业那一阵,他到本乡的私人公寓里造访时,常常看见我躺在二楼走廊上日照充足的地方。横光先生还说,那时候,你的模样看起来最幸福了——这句话令我实难忘怀。

像往昔那种晒太阳的时光,如今只能在海外旅行的飞机上享受一下了。一上飞机,人便只能任人摆布,没有什么自己可以做的事了。这段时间让我的心自由自在。海外的天空,就更美了。并且,在海外,一遇到那些暖洋洋日照充足的地方,总想随时席地而卧。

数年前,有一晚在火奴鲁鲁的夏威夷村,我曾在户外走廊上边听表演场地传来的音乐,边打了两个小时的瞌睡。在罗马的咖啡店,我也曾在林荫树上挂着的摇椅上做过三个钟头的白日梦。

三

大约六十年前,那里还是个小小的乡村,约有五十来户人家。祖父和我两人相依为命。读小学时,我常常独自跑到山顶久久地眺望风景。还曾经趁着天色未明,独自溜出家中,跑到那座山上欣赏日出。那不过是座低矮的小山,就在我们村落东头,东面是一大片农田,景致开阔。彼时尚是个顽童的我,为何要一再跑到那荒凉的山上看风景、观日出呢?至今,犹记得那些盘踞在幼松底下的树叶和树干颜色渐渐转亮的光景。

回想起来,我和外人显露出差别,似乎是在读小学的时候。或者说,似乎是在读小学前的幼年时期。或许因我本是七个月的早产儿,身体孱弱,长年在寂寥的家中闭门不出,幼年的我便有种感悟,可以说是直觉,也可以说是灵性。而使之变迟钝的,则是学校和年龄吧。

小学的入学典礼,是我生来头一次因人群包围而颤抖。那黑压压的人群使我窒息,我像一片被卷入漩涡的芦苇叶,大哭了起来。我害怕去上学。清晨,祖父为了不肯上学的我,没有打开板窗。听见那些前来喊我上学的孩童丢来石子打在窗板上发出的声响,我屏住了呼吸。

可是,学校里教的知识我几乎都会,上学实在无趣。早在上小学前,我便掌握了简单的读写,初中也是以第一名考入的。而成绩却年年下滑,或许正是因太过轻视上课了吧。然而,多年之后我才懂得,身为学生,却不勤于学业,照样会变笨,也只能悔之晚矣了。

四

我两岁时,父亲溘然长逝;三岁时,母亲撒手人寰。我成了孤儿。说起我的孤独,那些议论我的人的所有论调都是刺痛我的点。而今虽年过古稀,甚至感觉早已不再是个孤儿,我却无法反驳持有那些论调的人。我本身应当是个曾经相当依赖这份感伤的少年。同时,这份感伤想来也早已深入骨髓,深植病根。

然而,我的人生当中却有着种种可贵的邂逅。我甚至感觉,是否正因我是个孤儿,才会有这些邂逅?讲一个颇有些难为情的秘密吧,我这个天涯孤独的少年曾经在临睡前的床上,双眼紧闭,双手合十,专注地回想那些关爱过我的人。我长年都会遇到这样的人，不曾间断。如今，我依然有个习惯，时常在被窝里不由自主地双手合十。但我想，那并非对神佛的膜拜，而是对感恩的膜拜。

不只是跟人，譬如说，获得诺贝尔文学奖等，我以为也是一种邂逅。在我看来，"不过是种邂逅"这一说法并不带有轻蔑之意。日本的作家并非仅有我一人有资格获奖，其他还有好几位，只不过是我幸运罢了。而这份幸运，想来正缘于之前的种种邂逅。尽管我清楚那些邂逅，但无从计数。想来，既有跟海外人士的邂逅，也有跟时间的邂逅。

此外，凭着收获这份奖项，不知又新添了多少邂逅。

五

在人活着期间举行自己的展览，已不只是滑稽了。当时我在夏威夷，没有看到。

当时展出了一些连我自己都不曾见过的物品，以及借此机会才得以初见的祖父与父亲的亲笔信。祖父的字，要比父亲的字漂亮多了。也没准是因父亲死得太早，且沿袭了老师易堂的笔法。父亲在临终的床上给姐姐和我留下一封大字遗书，可我搜遍了家中，未能寻见。还有一封母亲的亲笔信，在我而言，颇有些稀罕。

展出我自己的字，则是为了多些捐款。书法不过是个人喜好而已。我也看过古人的字，清楚自己的字水准如何。因而，跟自己的小说让人阅读相比，反倒更觉轻松。假使有幸能活到八十岁，之后我倒是想在写字时尽量体会书法的精神。假若说，有些东西可以随着年岁增加而日渐精到，岂不正是书法？应当说，它也是东方的宝贵财富。

（1969年4月）

随想记

我到了眼下年过六旬，对于自己一直未能写诗、未读和歌充满了人生的悔恨，可以说追悔莫及。

和歌嘛，与其说是索性放弃，不如说根本没有，但至少也应当留下一卷汉诗集吧。这一小小的愿望至今仍未完全消去。今天的日语堪称粗制滥造，小说终究也难逃这些粗制滥造的语言——这份深恶痛绝，亦是我渴望以汉诗、和歌的形式，凭借纯洁美好的日语做出尝试的源头之一。然而，还不止于此。少年时代，起初我曾希望当一名画家，后来又想当一名小说家。连我自己都纳闷，年轻时竟不曾立志当个和歌诗人或是汉诗诗人。回首当初，甚至要怀疑是不是搞错了。由于我从孩提时起多少接触过日本的经典文学，也体会到日本文学的本源便是和歌。此外，仅仅管窥过日本的经典小说《源氏物语》和西鹤等人的作品，不曾受其深刻的吸引。私以为，日本的小说在经历明治时代西洋的小说传入之后，时至今日仍未能充分消化西洋小说而达至成熟。我仍然怀疑，现代西洋式的小说是否适合日本人？至少，在我是半放弃的，因为并不适合我。或者说，非但放弃，更是随它去吧。我也勉强算是写了将近四十年的小说，也有人愿意读我的小说。但那些小说，并不能称作真正的小说。既然要以一名小说家立世，我仍然不能失去要写出真正的小说那份野心。而另一面，不拘泥于小说本身的类型与写法，渴望随心所欲地写下去的念头反而越发地强烈。或许，这念头便是更多地传承日本经典文学的脉络，更多地贴近日本的经典诗歌吧。就我所见而言，西洋的现代小说无非也是到了19世纪末20世纪初才日臻成熟，而时至今日想来早已走在颓废瓦解的路上了吧。读读翻译过来的西洋新小说，虽有些有趣之处，但遗憾与悲哀之感却更为强烈，并不见多少收获或是值得学习的地方。

（1960年1月）

一流人物

一流人物

　　我一向以为,不管是吃饭、看戏、穿短褂、听安来民谣,还是看牙医、住温泉、读诗歌,总之,于精神生活者而言,日常生活中选择一流的事物来品味,非但有意义,并且是必需的。我以为,不应一概地批其奢侈。当然了,纵使是兔子的粪,诗人也要从中发现水晶宫。但若诗人见到真正的水晶宫,或许还能从中发现超乎水晶宫的玩意儿。不管是肯定某件事物,还是否定某件事物,脑子里都要清楚这种事物中的一流级别是怎样的——这说法感觉有种坚实的背景。无论如何,一流事物的确可以提高相关人士的精神生活。

　　从这一意义上讲,我也希望日常生活中尽量结交到一流人物。结交到一流人物,意味着可以自然地感觉自己也是一流人物。而事实上,一流人物又有其作为一流人物的长处,必然有其美好的感觉。在我熟悉的文学家中,菊池宽便是这样一位一流人物。而我受其恩惠极大,若是五六年前没能得遇这位人物,我甚至不知眼下会变成怎样。即便说这个问题可以抛开不谈,包括诸如我的艺术是否吸收了菊池宽的流派也抛开不谈，单说与菊池宽这样的一流人物长年接触，便能感受到我在精神上取得了相当大的收获。并且，在这样的念头之下建立起的对菊池宽的信任，也着实轻易地超越了他所受到的世人毁誉与褒贬。我自信，这是世间一桩感觉美好的事，并引以为喜。

我的年轻友人里有一些堪称一流人物的，我也在空中旅行时见到过一流人物，在此不做赘述。近来，我见过两位堪称一流的人物：演员井上正夫与台球选手铃木龟吉。我与井上正夫因电影的事多次见面。我并不想无条件地赞美井上正夫，但我能感觉到，无论如何这都是一位千锤百炼而成的一流人物。而铃木龟吉，则带给我一种唯有与一流人物对坐才能体会到的愉悦。我只是有时候在日胜亭的台球场里见过他，并无机会交谈。只不过是从幔帐外的台球台看到他在幔帐内的台球台上击球。但在他的周身，能感觉到一股一流人物的气息。台球店里的服务生直夸他打得棒，可以感受到这不仅是一种技艺、一种能力上的杰出，同时代表着人的修养，我从他那打台球的身影中收获了一种精神上的愉悦。

近来，我们常到日胜亭去打台球。虽说初始分仅有二三十分，称不上打台球。可我见到世界级的选手铃木龟吉，仍然敢毫不畏惧地击球。有人认为，以我如此蹩脚的球技到日胜亭去，既是我的狂妄自大，又属于装模作样。我以为，那样的想法愚昧而鄙俗。我倒是觉得，正因见到世界级的选手，我才可以放心地打出二三十分来。

文学家的家世

我的家族属于历史悠久的世家。经历了骨肉至亲接连死去，我从十五六岁起便孑然一身。这份境遇令年少的我预感到自己也将早夭，从而怀着一份恐惧，总觉得自己全家犹如燃尽而熄的灯火，自己终将是消亡的一家人中最后的一个，总感到一种孤独的放弃。如今，早已不再有那种消极的念头。可是，我能感觉自己的血统正在腐朽颓败。也就是说，感觉自己仿佛正站在以世代先祖文化生活累积而成的山顶一棵柔弱的树梢之上。

从这一意义上讲，一两个月前片冈铁兵在《文艺春秋》上所写的关于其古老家世传说的文章显得颇为有趣，作为一份证明我素来观点的证据而显得有趣。

说起我的观点，无他，便是文艺家归根结底都是灭亡的平家子孙，便是文艺家并非仅凭一代人即可诞生。譬如菊池宽、木苏谷、藤泽桓夫以及其他诸多人士，皆属知名汉学家的子孙，这一点已广为人知。但凡文艺家几无例外，应当都是拥有古老血统的世家子弟，应当都是或大或小的名门子孙。在此不便一一加以调查，但若想想文坛诸位人士讲述自家的多篇文章，我的说法便属于极其平常了。即使是所谓的无产阶级作家，多半也是地方的名门子弟。当然，也有例外。但所谓文艺家，绝非单单仰仗其自身才华而横空出世的。可以说，他们是先祖悠长的血统恰逢春天终于开花的结果。即便有人质疑说,那又怎样,我也并无异议。只不过,我想,凭着这样的事实,也可以有几分清楚文艺的性质了吧。

(1926年7月)

五月手记

一、去年的诗

首先,打开去年的日记本。

五月的扉页上,写着"本月的花"。

——杜鹃、藤萝、芍药、蔷薇、石楠、含羞草、罂粟花、鸢尾花、香豌豆、郁金香、海棠、矢车菊、凤仙花、虞美人草、香雪球、香水草、蜀葵、马樱丹、蛾蝶花。此外,还有五十余种。

用不着翻开园艺书看一眼,我的眼前已浮现起应季的织物。

不光是五月的织物,就连四月庙会的夜市都浮现起来,还售卖着种种球根与苗木——都是五月的花草。

可是,日记里没有写新闻,有篇诗一样的文章。

五月,玻璃真美。

五月,记起河里的鱼。

五月,沙子里产卵。

五月,树荫下的风是湿的。

五月,收到妹妹订婚的信息。

五月,估算风的分量。

二、分量

五月估算风的分量——这样说,颇有些奇怪。

五月是估算健康的月份——似乎应当这样说。

总之,为何要在五月估算分量和健康呢?因为,可以自己估算了。这是一段五月的苦涩回忆。

征兵体检。

"体重,十贯八百三十。"

体检的前两日,我到了老家郡政府所在的街道。我在客栈里每餐吃掉三个生鸡蛋。此前一个月,我还到过伊豆的温泉。尽管如此,我还是在郡政府的大厅里丢了人。

三、柑橘花

五月里,我曾到纪伊去旅行,为了看一眼柑橘开花。

我茫然立在南海电车那小小的车站里,眼望海报——时值纪伊有田川流域的柑橘花季。

驶来的电车上,带着柑橘花的香气。我从纪三井寺搭火车到了箕岛。火车每回钻出隧道时,海面的月光总有一缕柑橘的香气。

然而,海报却太过古旧,不合时宜。

"花早落啦,实际要有这么大呢!"

我望着客栈女侍那通红的小指,吞了一口酸酸的唾沫。

据说,在花季,大阪会有众多的赏花客赶来。不知满足的大阪人也终于赏起柑橘花来了?

可是,没有比在有田川两岸绵延数里的柑橘山上赏花更具五月风情的了。只不过,花可能在四月间就开了。我去时是五月末,适逢夏柑橘转色的时节,正是征兵体检之后。

四、绿枝

我是从小川温泉来到南海电车这座小站的。

前一天本来要去那家温泉,我却下错了一站。

车夫穿过没有路的绿林,一来到河岸,便脱下橡胶底布袜,卷起劳动裤。河岸上的绿枝打过我的脸颊和肩头,车轮碾过浅滩而去。

我时常想起那些绿枝。而同样回想起的新绿,则是——

在京都四条大街西餐馆"菊水"三楼用午餐时望见的东山新绿。

奈良公园里破晓时分的新绿。薄薄的雾霭在地上飘浮,脚边有种接受洗礼的清爽。

在京都下加茂摄影厂看见古老的葵节队列行进时,那片鸭川堤上的新绿。

桑名河上落着一羽大苇莺,那份芦苇丛生的新绿。

都是五月间的事。

五、巴士

五月是盛装的虚无主义。

五月是乡间的单车大赛。

五月是医院雪白的大门。

五月是山间的巴士。

这本没有新闻的上一年的日记里,还有一份这样的草稿:

五月是山间的巴士——对我而言,这一句正代表了五月。乡间的旅行者讲述着马车的风情。然而,乡间也不是公共马车的时代。

我知道那些在伊豆、纪伊群山与海岸线间行驶的巴士。

巴士那份城里的感觉,到了乡下则会变成乡下的感觉。一旦走惯了山间,巴士便带了一份昔日马车才有的风情与故事。譬如说,下田汽车公司的下田始发站。站房比私人铁路的小站要大一些,巴士开往奥伊豆的三个方向——东海岸、西海岸与天城山。那里有许多与火车站、马车旅店不一样的东西。

此外,还有白滨温泉汽车公司。我曾从箕岛到田边翻越纪伊山。因巴士费用六日元不到,下车时腰都晃散了。

有田川两岸已转色的夏柑橘,是五月植物祭礼的灯火。那沿高峰盘旋而上,随之迂回的山谷——总之,有种特别的速度之感。

在道成寺一间僧房里，抓获了一对私奔者。男的十九，女的十五。两人相似到令人感慨，竟有如此丑陋的两人，实在般配。少女的塌鼻梁朝上牵着嘴唇，眼圈发黄腐烂。两人在巴士上始终搂抱着，全程含泪低语。

他们是田边人。快到田边南部时，他们叫嚣着当晚要住上一晚，令家长感到棘手。最终，两人独自下了车。

家长打听了两人过夜的地方后返回车上，对乘客称，那种女人有什么好的？

一名乘客怒斥，那种男人有什么好的？

于是，他们在这辆沿海岸行驶的巴士上推来搡去，打了起来。

六、麦田

这辆巴士在山尽头海景一望无垠处眼看翻车时，撞飞了一辆自行车。

一名小学女教员像一只五月的动物被甩进了麦田。她满面通红，好不容易才恢复人样。

七、妖怪

从田边搭小舟穿过汤崎温泉那片白沙滩，没有哪里比这里的沙子更优美更雪白了。月光照在白沙滩上那份清冷，首先给人一种五月妖怪之感。

八、五月的鹿

若说伊豆的五月那份绿是漆黑的阴沉，会有人答，那竹林应当算美吧？我曾多次在那片竹林底下，看见冬季开始驯养的鹿被小学生牵着走过。

鹿是五月的——名叫五月的中鹿。它们从初春树木发芽起，开始蜕去黑乎乎的毛，到插秧季已彻底转红。

晚春时分，鹿胎会长到猫儿大小，很快便要出生了。相传鹿胎是妇人经血疾病与产后大补的妙药。据说，孟春三月，母鹿的毛蜕到鹿腿处，看似穿着橘红色脚套的时节，最为有效。据说，鹿胎长到五个月时，会比老鼠稍大一些，而鹿皮上已能见到漂亮的小鹿斑点了。

九、附录

附一首朝鲜民谣——十二月歌之五月歌：

四月三十刚刚过，
五月已到端午节。
吃过青草喝过水，
胳膊枕在头底卧。

子规啼声震人心,
夏日云团一朵朵。
松柏杨柳树高高,
青年欢喜秋千坐。
敢问夫君去何处,
莫非不知秋千节。

— 李殷相[①]译 —

(1929年5月)

[①]此处指日文原文。

我的思考

经过日本的战败,我更加真切地体会到自己正活在当下的日本。只因在我而言,内心的悲哀要远多于政治上的愤懑。而我的工作,想来无法回避这份悲哀。

欣赏部分古代的美术,也使我更加明白地感受时代艺术的命运。自己生于明治三十二年,即1899年,我无法逃避这一事实。身为小说家,我能否将之称为幸运的时代,尚有些存疑。

我们年轻的时候,曾经借助翻译读过西方19世纪至20世纪初的小说。而此后,我以为,现代小说已可视作颓废瓦解了。美术大约亦是如此。明治后,日本文学借着颠覆传统的西方文学传入,取得了飞速的发展变化。然而时至今日,却似乎未能成熟至诞生特别的天才。或许也有具备天才资质的人,然而作品本身未能开花结果。这应当是时代的宿命。

并且,即便是在日本,继自然主义作家之后,小说也被视作颓废瓦解。白桦派作家之后,小说或许可以视作再次遭遇到挫折而解体。这一期间,还经历了战时与战败。然而,锁国之后日益欧化的日本小说不曾经历过西方近代以前的历史,也不曾肩负过传统,因而即便顺应了今日西方小说的不安、苦闷,其基底却并不相同。甚至让人意想不到的是，经过战败竟然奠定了部分近代文学的基础。故而，日本文学参与到西方的世界文学中，还要看日后了——这一点显而易见。以现实中的作家设身处地想来，这一点的确是在奇妙的命运下诞生的。

然而，我们不大可能活在这样的命运之中。与西方小说站在同一出发点看待事物的观点似乎自然地淡化了。受西方文学引领的精神悲剧，在我身上似乎并不深刻，应当也不曾理解这份真实。未尝不能说，明治后的作家几乎都是西方文学不成熟的牺牲品，但真正能够称作牺牲品的人似乎又凤毛麟角。

似乎杰出的艺术作品大多诞生于一种文化处于盛极而衰的时期。在镰仓时代、室町时代，身为作家或许也有天分并不亚于紫式部的人，但接近《源氏物语》的小说却一部也不曾出现。这应当是时代的命运，必须等到有西鹤等人的江户时代来临。然而，包括今日在内，与《源氏物语》比肩的小说似乎还没人写得出来。

从藤原末期到镰仓室町，小说都在模仿《源氏物语》。眼见这份衰颓，有时我会感到黯然，那《源氏物语》时代的日本人的小说才华去了哪里呢？可是，这既是历史上的事实，一个时代中也必然有这样的事实。在《源氏物语》时代里书写汉文的男人们，其文学天分未必逊于紫式部。同时，大唐文化的传入若是没有之前的时代一再积累，也不可能诞生出《源氏物语》。只不过，也未尝没有这样的一面：在后世看来，更应说紫式部受大唐的文化影响较浅，故而才能写出《源氏物语》。

镰仓室町的小说相比藤原实在糟糕。然而，即便是镰仓室町，各种文化中也有新形式的文学兴起，尽管还不成熟。此外，日本的文学源流或许还要追溯至和歌。话说回来，镰仓的"新古今"①似乎在传统的和歌与当代的生活间描绘出阴影。"新古今"之后，或许又飞跃到芭蕉的俳谐。至于东山时代宗祇那些人的连歌，又能算什么呢？

作家的才华被其所在的国家与所处的时代赋予了命运，这样的情形并不少见。甚至连作家所用的语言亦是如此。明治之后，日语被赋予了活力和自由，日益变得丰富起来，却也越来越令人不知所措，我们不知为此付出了多大的痛苦。我上高中时，曾经接触过罗马字②运动。眼下有时也会以罗马字论的观点来看待国语的难点。我个人并非反对以罗马字书写日语，也并非反对当下号召的使用新假名与限制汉字。然而，使用新假名或是限制汉字似乎并未改良国语，反使其平庸。并且，还是一种极大的破坏。

限制汉字多少也限制了新造词语。倘使用罗马字，想必更要相当地限制新造词语，形成对整个词汇的改革了。明治后以汉字组合而成的新造词语，其中的多数使我们蒙受了不幸的支配。为了尽量回避纯粹以汉字构成的词语，我总要对文章作品百般苦恼，做出许多丧失美感的牺牲，然而却无以回避术语与事物的名称。同时，也不便太过常用古式文体抑或是异国文体。汉字应当

---

① 指《新古今和歌集》。
② 即英文字母。

自古便是日本的文字,我们却总是一面因日语中要将西方术语译成汉字而苦恼,一面又不以为奇。

我在上初中时,曾经单纯借发音读过藤原等人的文章,这一经历一生也无法忘记。我也在思考,以能听懂的语言来写文章,直接改为罗马字来写文章。而我想尽可能使用纯粹的日本的语言。提到罗马字,其实不过是对国语的爱罢了。而国语正混乱、浑浊而迷茫,抑或说,充满狂野的生气。这种国语的情形也出现在今日的作家身上。

我没能学好西方的语言,我的文章想来也不存在欧式的文体,今后应当也会继续侧重于日本式的传统主义与古典主义。战败反而更加坚定了这份信念,这或许也是一名日本作家必然的倾向。

(1951年8月)

句反语

美术

因我住在上野,时常经过美术馆旁。每次看见那幢无窗的阴郁大楼时,联想到作者们那份悲惨的生活,总要多过联想到展览现场的那份华丽。

那些潦倒的美术青年,他们的生活比起文学青年或是音乐青年,应当辛苦得多。譬如说,在帝国美术院展览最后一日站在搬进搬出的地方看看,他们服装的寒酸与肉体的颓废,几乎使人不忍直视。

并且,那些悲惨的作者的生活与那些极其多彩、描绘细腻的日本画之间,何其遥远?这着实是个悲伤的故事。

只因,日本画是最极端的。而通常来说,我想,没有比美术青年的生活更落后于时代了吧。从他们的风貌而言,属于一个时代前了。

将怀才不遇的美术家作为一个人看待时,似乎也能体会出艺术的苦行僧,但若将其作为群体看待,便会对以展览为中心的美术这东西产生怀疑。

自从我住到上野之后,即使是去看展览,最先浮现在眼前的也总是数万美术青年生活的困苦,而非绘画的美好。

并且,还会感觉那份困苦中出了某种差错。

婚姻的悲剧

我喜欢去动物园。然而,一旦长时间观赏一种动物,乐趣便会消失。任何一种动物,都必然有某个地方与人类相似。

我很想养狗。可是,所有的动物生活中都必然包含着某种教训。这是因为,人类终究思考不出任何动物所没有的美德。

似乎生物学越是上升至细胞学、发生学等细致的学问,人与动物的差别越是趋于消失。外行人得知此事,或许会对人类产生幻灭。不过,也可能体会出一份博大的感悟。

相比生物界已经实现卓著的人工进步的人类的乡愁,这份感悟更为博大。

除去原始的泛神论,包含动物最多的宗教便是佛教了。佛典中包含着偌大的生物界中美好的诗。至于《圣经》那份浅薄狭隘,则无法与之相提并论。

动物生活所包含的教训中,最大的一点便是动物不存在所谓的婚姻的悲剧。什么争夺女人、互相杀戮,这些比起婚姻的悲剧来,实属小事一桩。在婚姻的悲剧面前,什么恋爱的悲剧,不过是小朋友的玩具罢了。

而宣扬婚姻悲剧最多的宗教，也仍然是佛教。

贞操

鉴于对女性作家太过失礼，在此不一一举出名字。但至少在日本现代，多数杰出的女性作家都是至少堕落过一次的女性。

没有一人是不曾离过婚的。

即便说有那么两三位女性作家称不上堕落，这些人的作品与那些堕落者的作品相比，也充斥着谎言生出的天真。并且，作品很快便会僵化，成为短命的作家。

同人杂志上，也有些作家是自始至终固守贞操的女性。但极为奇怪的是，这些人的作品所展现的作家的感情生活反而异常混乱。这些夫人在热情这点上不及那些堕落的女性。抑或说，即便可称之自然，在纯情这点上也要逊色得多。之所以如此，皆因贞操而值得悲哀。

读读女性作家的小说，可以瞬间体会到作者本人的品行。它是谎言与真实的分岔口，是文学的可怕之处。

基于这件无可动摇的事实，只怕身为女人，不堕落一回，便无法了解真实。

对女性而言，堕落是步入真实的大门，即便说这样的社会值得憎恨，我也无法因此而愿意相信今日女性的贞操。

（1931年10月）

花未眠

　　我时常为一些寻常的小事感到不可思议。昨日，一抵达热海的旅馆，便有海棠花送来，与壁龛里的花并不相同。旅途的劳顿，使我早早地睡下。凌晨四时醒来，却见海棠花未眠。

　　留意到花朵不眠，使我一惊。虽说有夕颜、夜来香之类的花，也有牵牛、合欢之类的花，大多数花朵还是昼夜持续开放的。花朵在夜间不眠，这一点尽管尽人皆知，我却第一次清楚地察觉。凌晨四时眼见海棠花开，更觉美好，足可感知那份竭尽全力绽放的、痛苦的美。

　　花朵未眠，这一再清楚不过的事实，忽然间也成了我重新看待花朵的机缘。自然之美无限，而人所感知的美有限。只因人对美的感知能力是无限的，故而既可说人感知的美是有限的，亦可说自然之美是无限的。至少，一个人一生当中感知到的美是有限的，其多寡是有限的——这是我的实感，我的高呼。人感知美的能力既不与时代俱进，亦不随年岁增长。凌晨四时的海棠切记要珍惜。有时，我也会喃喃自语：既然一朵花很美，我就要活着。

　　画家雷诺阿说过，只要进步一点，便接近死亡一步，这是何等凄惨之事。而其临终遗言，亦是那句"我相信我还会进步"。米开朗琪罗最后的遗言，则是"到了终于可以随心所欲地表达那一刻，便是死亡"。是年，米开朗琪罗八十九岁。我极爱其死亡面具所制造的表情。

我想，感知美的能力应当说可以轻易发展到一定水准，而仅凭大脑却难以做到。它是遇见美、亲近美，并反复锤炼的过程。然而，比方说一件老旧的艺术品，实则也常常化身美的启迪、美的开光。哪怕是一朵花，亦有可能。

有时，眼见一枝插在壁龛细花瓶里的花，我会思考，与之相同的花朵在自然界开放时，我是否也曾这样仔细地观察？要折下一枝来，插进花瓶中，摆在壁龛里，我才会这样仔细地观察。不只是花朵，说起文学亦然。大体来讲，今日的小说家，都如今日的和歌诗人一般，不曾仔细观察过自然——大约是少有机会仔细观察。此外，譬如说壁龛内插着花，花瓶上悬着画。当然，美得不亚于真花的画并不多见。这种时候，倘若画不够精彩，真花的美便得以凸显。纵使花朵的画够美，真花的美也将愈加鲜明。然而，日常中，我们却不会像精心赏画那般精心地观赏真花。

无论是李迪抑或是钱舜举，宗达抑或是光琳，御舟抑或是古径[①]，花朵的画往往使人领略到真花的美。也不只是花朵。近来，我在书桌上摆了两件小铜雕：罗丹的《女人的手》和马约尔的《勒达》。仅凭这两样小物件，便可看出罗丹和马约尔的风格之

[①]此处提及的人名均为中日画家。

迥异。然而，也能使人领略到许多：罗丹使人领略手的表情，马约尔使人领略女人胴体的肌肉。其观察之仔细，令我叹服。

家中的爱犬曾经产下幼崽。就在那些幼犬蹒跚学步之际，我看见其中一只的模样不禁愕然：那副姿态似曾相识。我发觉，那姿态与宗达的爱犬无比神似。那是一幅宗达的水墨幼犬图，春草之上有幼犬。我家里不过是寻常的杂种犬，却使我领会了宗达那份高雅的写实。

去年临近岁暮，我在京都观晚霞，只觉那片色彩与长次郎的红釉何其相似。此前，我曾见过一只长次郎的碗盏，名曰日暮。那碗盏上红中带黄的釉彩恰似日本的傍晚晴空，深深打动了我的心。我在京都由真实的天空想起了那只碗盏。而看见那只碗盏时，我还曾情不自禁地想起坂本繁二郎的画：荒凉的田野山村，日暮的天空中飘着十字形的云彩，宛若切开的面包片。那幅画很小，却是一道真实的日本暮色，深深打动了我的心。坂本繁二郎画中日暮的色彩与长次郎碗盏的色彩同属于日本，我在日暮下的京都也想起那幅画来——于是，繁二郎的画、长次郎的碗盏与真实的日暮晴空，三者在我心中交相呼应，愈加美好起来。

那时节，我刚在本能寺祭过浦上玉堂之墓踏上归程，正值日暮时分。翌日，我到岚山上寻访赖山阳留下的玉堂之碑。冬日里，岚山不见游人。然而，我却感觉仿佛头一回发觉岚山之美。此前虽造访数次，也只当其是世俗的名胜之地，不曾用心留意过它的美。岚山始终是美的，自然始终是美的。然而，这份美应当仅在某些时刻、仅有某些人看见罢了。

会发现花未眠，大约也是因独自在旅馆过夜的我凌晨四时醒来的缘故吧。

（1950年5月）

在喧嚣的世界里,
坚持以匠人心态认认真真打磨每一本书,
坚持为读者提供
有用、有趣、有品位、有价值的阅读。
愿我们在阅读中相知相遇,在阅读中成长蜕变!

好读。只为优质阅读。

花未眠

策　　划：好读文化	装帧设计：陈绮清
监　　制：姚常伟	内文制作：尚春苓
产品经理：姜晴川	责任编辑：夏应鹏

图书在版编目（CIP）数据

花未眠 /（日）川端康成著；李简言译. —北京：北京联合出版公司，2023.3（2025.6重印）
ISBN 978-7-5596-6552-2

Ⅰ.①花… Ⅱ.①川… ②李… Ⅲ.①散文集—日本—现代 Ⅳ.①I313.65

中国版本图书馆CIP数据核字（2023）第010259号

花未眠

作　　者：[日]川端康成
译　　者：李简言
出 品 人：赵红仕
责任编辑：夏应鹏

北京联合出版公司出版
（北京市西城区德外大街83号楼9层　100088）
北京联合天畅文化传播公司发行
北京美图印务有限公司印刷　新华书店经销
字数156千字　840毫米×1194毫米　1/32　7印张
2023年3月第1版　2025年6月第2次印刷
ISBN 978-7-5596-6552-2
定价：56.00元

版权所有，侵权必究
未经许可，不得以任何方式复制或抄袭本书部分或全部内容
本书若有质量问题，请与本公司图书销售中心联系调换。
电话：010-65868687　010-64258472-800